星期一，喝抹茶

［日］青山美智子 著
Michiko Aoyama

吕灵芝 译

湖南文艺出版社
博集天卷

12 良辰吉日（师走·东京）	*11* 幻影螳螂（霜月·东京）	*10* 袋鼠在等待（神无月·京都）	*9* 德尔塔的松树下（长月·京都）	*8* 捡漏（叶月·京都）	*7* 大叔与愿笺（文月·京都）
167	155	143	127	113	103

[目录]

1 星期一的抹茶咖啡馆（睦月·东京）……001

2 写信吧（如月·东京）……021

3 初春的燕子（弥生·东京）……035

4 天窗飘落的雨（卯月·东京）……051

5 打响拍子木（皋月·京都）……067

6 夏越大祓（水无月·京都）……087

1

星期一的抹茶咖啡馆

（睦月·东京）

请保佑我万事如意。双手合十发出的祈愿，究竟朝向何处？

此刻我正伫立在神社中，那么，也许是朝向此处的神明。

可是，神明又在何处？在赛钱箱的另一端，还是在天上？

抑或……

虽然一月已要过半，但这是我新年第一次参拜，也算实质上的"初诣"。

我在一座商城里的手机店工作。年尾年初，商城始终开放，所以我们没有新年假期。虽然店铺为了照顾我们，采取了轮流短时间出勤的方式，但我作为单身人士，还是把休息日让给了有家室的人，多上了好几轮班。

由于无暇帮忙准备年饭，爸妈都埋怨道："美保你都二十六岁了还这样。"可我毕竟处在需要拼搏的年龄段，只能请他们见谅了。我从小就很喜欢摆弄高科技的东西，对这份跟手机有关的工作也很上心。

但是，由于一月的排班跟平时不一样，我一时大意，在休息日出了早班。这让我感到万分沮丧。

唉，难得有个能睡懒觉的日子，我昨天还熬夜了呀。

就这么回去有点不甘心，于是我在商城转了一圈。只不过，人总会遇到一些做什么都不顺心的日子。前不久看上的羽绒服竟然已经卖断货了。我强打起精神，又走进快餐店，却打翻薯条的番茄酱，弄脏了毛衣袖子。走进洗手间冲掉番茄酱，正要擦水的时候，却发现自己忘带手帕。

今天真是太倒霉了，我这人本来运势就很一般，今天更是加倍倒霉。搞不好，这是因为我还没去初诣。神社离商城有点远，不过还是去拜一拜，顺便驱驱邪吧。

带着这个想法上路后，我突然想到了云纹咖啡馆。

顺着神社附近的河道一直向前走，穿过成排的樱花树，就能看见那家小店。店里氛围很好，店长又是个爽朗的好青年，室内装潢和咖啡杯的品味都特别好。当然，那里的咖啡和红茶也都十分美味。以前上早班都没什么机会去，但它在我心中是私藏的好店。对了，今天这么倒霉，不如在自己喜欢的咖啡馆转换一下心情吧。

我穿过了无花无叶，只剩光秃枝干的成排樱花树。

吐出的气息融入了一直裹到嘴角的红色格子纹围巾。双手插在大衣口袋里，冻得发僵。

樱花树的枝干间露出了云纹咖啡馆的屋檐。我多想早点走进店里暖和暖和……然而，我猛地停下了脚步。

今天是星期一，如果没记错，是云纹咖啡馆的定休日。

果然很倒霉，要是早点想起来，我就不至于白走这么远了，怎么非要走到门口才想起来呢。

我长叹一声，正要转身离开，咖啡馆的门却开了。

我定睛一看，走出来的是个超短发的女性，正在朝我靠近。她看起来比我年长一些，染成灰棕色的头发的光泽异常美丽。

"那个……"

她擦肩而过时，我忍不住叫了一声，她细长的凤眼看向我。

"云纹咖啡馆，不是休息吗？"

她先是"啊"了一声，然后笑了。

"虽然是休息，但是也开门啊。不如去看看吧？"

听来无比舒心的烟嗓。哇，真的好棒。我正暗中感慨时，她已经走远了。

我依言走到店门口,透过窗户往里窥看,吧台和座席都有稀稀拉拉的人影。

抓住门把手的那一刻,我注意到门上的招牌。原本用日语拼写的 ma-buru cafe（marble cafe,即云纹咖啡馆）,-buru 被人用白色胶条贴上,用黑色马克笔改成了 ccha。这么一改,就成了 maccha cafe（抹茶咖啡馆）。

抹茶咖啡？这是在开什么玩笑？

若这是重新开张,招牌改得未免过于草率了。我带着疑惑打开门,一个小个子的大叔探出头来。

"请进。"

我注意到他脑门上的大黑痣,想起自己在云纹咖啡馆也见过这个人,那个爽朗的店长管他叫"老板"。不过他只是坐在吧台翻看体育报纸,丝毫没有工作的迹象,我便猜想那只是个绰号。

黑痣大叔……老板开口道：

"今天这里是抹茶咖啡馆。要是不讨厌抹茶,那就请进吧。"

我很喜欢抹茶,抹茶拿铁、抹茶布丁、抹茶冰激凌。我仿佛遇到了救赎,激动地走进店里。

除了老板,店铺角落的座位坐着一对情侣,吧台位坐着一个身穿藏蓝色和服的男性。我在靠近吧台的餐桌位落座,脱掉了外套。

别的且不说,我总算是从户外的寒冷中缓过来了。我的身体、舌头和双眼,都在渴求着温热甜美的粉绿色抹茶拿铁。

"欢迎光临。"

穿和服的人给我倒了一杯水,放下菜单。厚纸板上叠放着一张和纸,用毛笔字写道:

浓茶　一二〇〇日元
薄茶　七〇〇日元
都带和果子

我有些迷茫。

我本以为菜单上会有抹茶拿铁或抹茶布丁,看来这里的抹茶是正经抹茶。

"呃,只有这些吗?"

"是。"

这人明明来给我点餐,却面无表情地盯着远方。仔细打量之下,他下巴线条纤细、鼻梁挺直,也许比我大个五岁。而且他穿和服的姿态泰然自若，有点少爷气质。

少爷依旧没用正眼看我，等着我点餐。我垂眼看向菜单，虽然没有布丁，和果子也不错。我不太明白浓茶和薄茶有什么区别，肯定是贵的更好喝。我暗自鼓励自己：反正刚去初诣过，不如奢侈一把，就当祈祷新年好运吧。

"那我要浓茶。"

说着，我抬起头，迎面撞上了少爷的目光。那一刻，他飞快地扭开了脸，嘀咕了一声"浓茶是吧"，继而匆匆走进了吧台。

不用那么抵触吧。我被他冷漠的态度深深刺痛，心情顿时阴沉下来。早知道就不来了，这样想着，我看了看周围。

老板在吧台上摊开了体育报纸，还是跟上次一样。

情侣在低声说话。刚才远远一看，我以为他们很年轻，现在仔细打量，那两个人好像都三十多岁了，各自左手的无名指上还戴着戒指，原来是夫妻呀。

真好啊，彼此信任的稳定关系，我将来是否也能遇到这么一个人，跟他相爱，像他们那样……

我正陶醉地看着那对幸福的夫妻，老板突然凑过来对我说：

"你围巾掉了。"

啊——我低头一看，原本搭在腿上的围巾果然掉了。我拾起围巾后，老板又搭话道：

"你常来我们这儿吗？"

我们这儿？那他果然是这里的老板了。

"只是偶尔来，今天来到这里才记起是定休日，原来这里还搞限期一天的抹茶咖啡馆啊。"

"嗯，定休日和下班后经常搞些活动。"

我并不知道这件事，因为云纹咖啡馆虽然很棒，但从来不打广告，也不在社交网络上宣传。

"平时都不在主页或者社交软件上发通知吗？要是有活动，宣传一下肯定有更多客人吧。"

老板勾起一边嘴角，哼笑道：

"客人不知怎么的就走过来了，或是本来不知道却阴差阳错地来了，这样不是更有趣吗？就像你这样。"

"缘分，是这个意思吗？"

"嗯，算是吧。"老板听了我的话，竖起食指说。

"无论对人还是对物，只要遇见了，就是有缘分。缘分就像种子，无论再小、再不起眼，只要发芽长大了，都能开花结果。到那个时候，谁也想不到那些果实的种子原来竟这样渺小。"

我想到那件没能买成的羽绒服，反驳道：

"可是有些相遇一闪即逝，没法开花结果呀。"

"那不是没有缘分，因为哪怕只见一面，也算是有缘分。比如嗑葵花子，它会成为身体的养分，而嗑瓜子这个经验也会成为生命的一部分，延续到未来。"

葵花子，我歪着脑袋想，自己还没吃过那东西呢。这时，老板嘿嘿笑了。

"不过今天搞这个活动不是为了赚钱，而是闹着玩的，所以客人多少都不要紧。欢迎来到星期一的抹茶咖啡馆！"

真的是闹着玩吗？

我正忙着思索，少爷托着黑漆盘走了过来。

"久等了，您的浓茶，和果子是寒牡丹。"

他的口音听着有点靠西边，也许是关西出身。

那个叫寒牡丹的和果子是粉红色的雕花点心，宛如荷叶边的花瓣中央露出了黄色的花蕊。

"真好看啊，在严寒中顽强绽放的感觉太棒了。"

老板说完，又缩回吧台里面看报纸去了。

夫妻站了起来，少爷走向收银台。夫人看了看收银台旁陈列的茶包，选了一盒。他们离开后，店里只剩三个人。我又细细欣赏了一会儿可爱的花朵造型的和果子。

旁边的浓茶恰如其名,是一碗深绿色的茶水。我双手捧起茶碗,发现茶水质地浓稠,宛如油漆,我还是第一次见到这样的茶。

这么贵的茶一定很好喝吧。抿到茶水的瞬间,我忍不住拿开了茶碗。

呸——我忍不住发出奇怪的声音,尽管并不大,但在没有其他客人的店里还是显得异常响亮。

太浓了,这已经无法用苦或者涩来形容。它的味道过于刺激,以至于我不知如何表达。老板笑着说:"要先吃一口点心。"我慌忙拿起小叉,切了半块寒牡丹放进嘴里。本来还想优雅地享用这块点心,现在实属无奈。

先让寒牡丹滋润了口腔,我再度发起挑战。原以为自己能比刚才更能容忍茶水的苦涩,多少理解其中的韵味,但这实在是太难了。我翻着白眼,难以忍受这样的折磨,但考虑到一千二百日元的高价,又不甘心就此放弃。

当我停下来大口喝水时,吧台上响起了电话铃声。少爷慌忙拿起了智能手机。

"哎?嗯?"

见他一脸焦急地戳着屏幕,我忍不住发出了声音。

"往上划拉就行了。"

"划拉？"

少爷求救似的看着我。

"按着画面，轻轻往上一划拉，就好了。"

少爷似乎成功接通了电话，如释重负地跟对方聊了起来。

"嗯，嗯。不是，我没有打给你。"

这是没用过智能手机的人常有的反应。不会接电话，一不小心就碰到什么地方给别人打了电话。

我把剩下的半块寒牡丹放进嘴里，拼上老命喝干了浓茶。

这明明是为了让自己开心起来而选的高价套餐啊，今天真的好倒霉。

少爷挂掉电话后，老板问了一声。

"你父亲？"

"是的。好像是这东西自己给他打了电话，然后他就回电了。"

少爷气愤地指着智能手机。

"我两周前把翻盖手机换成了这玩意儿，实在是太难用了，气死人。它总是要我更新什么东西，结果更新完应用就变了，反而不好用，我买的明明是最新款啊。"

我实在无法保持沉默，忍不住说：

"智能手机其实从开始到最后都是不完整的状态。"

少爷和老板同时转过头来。

"我的工作跟智能手机有关,每天都会这样想。智能手机这个行业一直在变化发展,一会儿有新的病毒,一会儿信号不稳定,一会儿客户的需求有改变。为了适应不断变化的环境,智能手机也必须一直进行细微的改动。"

老板若有所思地点了点头。我趁势继续道:

"很遗憾,更新有时的确会导致不良反应,但是用长远的眼光来看,智能手机本身就是在不断的试错中渐渐变好的。无须更换主体就能有全新的操作体验,功能越来越广泛,我认为这是一件很棒的事情,就像手机有了生命一样。有时我甚至会想,这家伙真可爱。"

说到这里,我突然回过神来,捂住了嘴巴。

讲太多了,每次涉及智能手机我就会这样,真是个坏习惯。

少爷垂着眼,平静地说:

"要来点薄吗?"

"薄?"

"就是薄茶,一般人熟悉的那种带泡沫的抹茶,那个应该很好入口。为了感谢你教我接电话,算我请你喝的。"

这时,老板看了我一眼,轻飘飘地说:

"你要看看点茶吗?"

"可以吗？我想看。"

我激动地探出身子，少爷微微点了一下头。老板叠起报纸笑了。

"不错不错。你知道吗？人越积极越走运。"

"那是谁说的格言？"

"我说的。"

老板留下这句话，夹着报纸走向了报刊架。真是个难以捉摸的人。

片刻之后，少爷拿来了托盘和水壶放在桌上。托盘里装着茶碗、竹制茶筅、茶勺和茶筛。

茶筅的尖端有点湿润，茶碗似乎已经预热过了。

"那我开始了。"

少爷先用形状宛如大号掏耳勺的茶勺挖了一勺半抹茶粉放进茶筛，再用茶勺背面仔细筛细粉末。然后，他在筛入茶碗的抹茶粉上注入开水，拿起茶筅。

"按照前、后、前的顺序点茶，像写 M。"

"M？你是说英文字母 M 吗？"

"是的。"

听了我的话，少爷有点愣住了。我又抛出了疑问：

"那在人们不认识英文字母的时候，比如千利休他们是怎么解释的?"

少爷忍俊不禁。

"怎么解释的呀，我还真没想过。"

哎。

这个人原来还有如此可爱的表情啊，他应该多笑笑。

我心中涌起一股冰激凌化开般的甜腻甘美。哇，这种心情是什么?

少爷拿着茶筅飞快地划拉了一会儿，轻轻抹了一下表面除去大的气泡，接着又划拉起来。

"最后像画'の'一样缓缓提起。"

他把茶筅移动到中心，笔直地提起后，一脸高兴地说：

"说不定千利休也说'の'呢。"

他终于肯看着我了，但是这回我反倒无法直视他，忍不住挪开了目光。

少爷又转进吧台，端着和果子回来了。"这是雪兔。"他报了名称，把和果子放在托盘上。那是个可爱的白色糯米果子，长相颇似雪山上蹦蹦跳跳的小兔子。

我先细细品尝了雪兔，然后饮下薄茶。真美味，点心的甘甜清新优雅，薄茶的香气沁人心脾，果然按照这个顺序品尝，和果子与抹茶最能衬托出彼此的味道。

我的心总算柔软地落了地，使我长出了一口气。

"谢谢你的款待，我真的很高兴。我这人运气不好，总是倒霉，今天也搞错了上班时间，没买到想要的羽绒服，还把番茄酱弄到衣服上，简直太倒霉了。"

少爷静静地听完，略显疑惑地歪着头说：

"这与其说是倒霉……"

"嗯？"

"更应该说是笨手笨脚吧？"

他的表情好认真。本以为跟他稍微亲近了一些，没想到他竟说出了这么一针见血的话。他是不是真的讨厌我啊？我正胡思乱想着，少爷又开口了：

"你运气并不差呀。就说工作吧，你能这么热情地谈论一件事，还在做与之相关的工作，这不就特别幸运了吗？能得到你的爱惜，智能手机肯定也觉得很幸福吧。"

智能手机，觉得幸福？

我从来没这样想过。智能手机能感觉到我的热情，因为我而高兴——此时一个旁观者认同了这点，我突然感到心潮澎湃。

对呀，我只是有点笨手笨脚，就是呀，我并不是不走运。难以抑制的笑容背后，紧跟着滚烫的泪水。因为我很高兴，太高兴了。

我在包里摸索了一会儿,想擦掉脸上的泪。啊,我今天忘带手帕了。

这时,眼前出现了一只手,手上拿着叠得方方正正的深蓝色手巾。少爷别开头,满脸的不高兴,仔细一瞧,他的耳朵都红了。

"谢……谢谢你。"

我接过手巾,少爷转头对老板说:"我去扔垃圾。"然后走了出去。

手巾角落用白丝绣了个"吉"字。这是什么呀?开运物品?

"哦?原来他用了我给的礼物啊。"

老板看完报纸,又拿起了杂志。

"那上面绣了名字。吉平的吉,一看就很吉利对不对?他啊,是福居堂茶叶铺老板的独子,福居就是福气居家的福居,福居吉平,你说这名字像不像幸运长了两条腿?"

吉平,原来他叫吉平先生。

忘带手帕真是太好了,我暗自高兴,随即陷入了沉思。

如果买到了羽绒服,我可能因为提着大件不方便,就直接回家了。再说,如果今天没搞错排班,我也就不会来到这里。也可以理解为,多亏我是个笨手笨脚的人,才有幸来到了抹茶咖啡馆。那不就是说,我运气特别好吗?

下次来这里,还能见到他吗?

我问老板:

"什么时候还有抹茶咖啡馆呀?"

"嗯?只有今天呢。福居堂在京都,吉平君因为要替他父亲参加会议,才第一次来了东京,明天就回去了。"

这样啊,原来只有这一次啊。

你瞧,果然很倒霉。

我正要沮丧,却改变了主意。

如果还想见到他,只要行动起来就好。今天我来到这里,一定是得到了缘分的种子,我只要努力让它发芽长大就好了。

我假装以手托腮,双手撑着下巴悄悄合十,默默祈祷。

希望以后还能见到吉平先生,希望好运降临在我头上。掌心相合,我对着自己的体温,注入了祈愿。

没错,愿望就该注入自己的手心里。

"不过啊。"

老板翻着杂志说。

"他们家要在东京开分店,由他当店长。今年春天他就要搬过来了。"

　　注入掌心里的祈愿,抽出了娇嫩的细芽,我紧紧握住了手。

　　别担心,我是最走运的。

2

写信吧

(如月·东京)

因为一点争执，我让理沙流泪了。

这么说也许不太对，我并非让她流泪，而是激怒了她。而所谓的"争执"，其实是理沙单方面地发怒。

我们走在河边的散步道上，她从手提包里拿出纸巾，擤了一下鼻涕，这就是与我结婚第二年的妻子。

这种时候，我这个丈夫究竟该怎么做？堆着笑容缓和气氛，要被骂"有什么好笑的"；若是不出声，又要被要求"你倒是说点什么啊"。

我该道歉吗？可我并不知道哪里出问题了呀。

"说到底，博之你根本不喜欢我。"

理沙红着眼睛赌气地说完，紧紧咬住了嘴唇。

——这是发生在昨天下午的事情。

此时此刻，我又走在夕阳西下的河边。今天只有我一个人，我早早下了班，匆匆赶着路。

昨天是个天气晴朗的星期日。下午，我与理沙在我们不时光顾的云纹咖啡馆喝了咖啡，然后在沿河的樱花树下散步。

云纹咖啡馆是理沙单身时就很喜欢的地方，昨天那里搞了个节令活动，免费赠送福茶。那家咖啡馆偶尔会搞一些活动，上个月是限定一天的"抹茶咖啡馆"，那天是星期一，如果换作平时我肯定在公司上班，但当时恰好在调休。我跟理沙采购回家的路上，碰巧看见店门口挂着"抹茶咖啡馆"这么一个奇特的牌子，便走了进去。品尝到美味的抹茶与和果子，理沙格外高兴。

理沙高兴，我也高兴。所以凡是她的提议，我都不会反对，而且我也很珍惜与她相处的时间。可是，她究竟还有什么不满呢？

昨天走着走着，我们聊到了情人节。每年情人节，理沙都会送我亲手制作的巧克力。她问我今年想要布朗尼还是松露巧克力，我回答"随便"，她就不说话了。我表面上看着河水继续漫步，心里却想：糟糕，她的意思是我得从里面选一种吗？这时，理沙强打起精神，挤出笑容说道：

"博之，我们还没结婚时，有一年白色情人节你给我写了一封信，还记得吗？你在信上说你爱我，我特别高兴。"

听见那番话，我连忙摆起了手。

"啊？写信？没有啊，而且我怎么会写我爱你呢？"

我从未开口说过爱。不仅是对理沙，也是对至今交往过的所有女性。

理沙停下了脚步。

"你给了，跟饼干一起给的。"

我也停了下来。

"饼干？有过这种事吗？"

理沙的表情显而易见地扭曲了。

"你好过分，什么事都记不住。"

她一个劲地摇头，沙哑地喃喃着，眼里涌出了泪水。

我们呆立在原地，一个慢跑的大叔从后面超了过去，三个女高中生谈笑着走了过来，还悄悄打量着我们。一只乌鸦停在樱花树上，嘎嘎地叫了起来。

于是故事回到开头。理沙用纸巾擤了鼻涕，抛下那句话。

——说到底，博之你根本不喜欢我。

她说完就迈开了步子，我也默默地走了起来。我们一言不发地回到家，理沙把自己关进了西式房。那个房间放着台式电脑、书架，大米和厕纸等囤积物品也在里面。

无论吵得多么厉害，都得回到同一个家，这就很尴尬了。如果我们住在不同的地方，还可以花点时间让彼此冷静下来。可是现在，我不知道一门之隔的理沙究竟在想什么，而自己除了起居室别无去处，只能呆坐着看电视。

然后就到了今天，我走向云纹咖啡馆。

收银台旁边摆着店里出售的茶包和礼包，上个月碰到"抹茶咖啡馆"活动时，理沙在这里买了宇治抹茶，后来在家喝茶，她连说了好几次真好喝。不过话又说回来，她买的牛皮纸袋里只有两个茶包，算下来还真不便宜。既然是好茶，那就可以理解了。昨天理沙又看了几眼货架，但是没有买，她一定是不好意思为自己而买吧。

我今天来这里，就是想再买一包宇治抹茶送给她。

并非因为我是个善解人意的丈夫，也并非因为我想讨好理沙，乞求她的原谅。

我只是想反驳那句"什么事都记不住"。

我可不是什么事都记不住。货架上大约有五种礼包，有红茶，也有煎茶。理沙上个月选了宇治抹茶，表示很好喝，并且还想再尝尝……这些我都记得很清楚，我希望她能理解我的意思。

然而，云纹咖啡馆门口却挂着"CLOSE"（停业）的牌子。

抬腕一看，手表显示还不到六点。我记得云纹咖啡馆营业到七点，所以才急急忙忙赶过来的，莫非今天提前打烊了？

虽然已经立春，但今天的冷风有些刺骨。我还打算买茶包时顺便坐在店里喝杯热乎的东西，看见店铺打烊，我只好垂头丧气地离开了。

桥的另一头隐约可见灯火，好像是什么店铺，也许是咖啡馆。由于没买到茶包，我又累又冷，只想随便找个地方坐下来休息。于是，我满怀期待地过了桥。

但是走近一看，我又一次大失所望。

那不是餐饮店，而是内衣店。橱窗里展示着各式各样的文胸和内裤，还能看见里面站着貌似店员的女性。如果是杂货铺或服装店，我也许能进去暖和暖和，但是无论怎么样，我也不好意思走进专卖女性内衣的店铺。

我正要转身，不小心跟店员对上了目光，不知为何，她慌忙走了出来。

"对……对不起！"

"啊？"

"那个，不好意思。蜘蛛……有蜘蛛。"

"蜘蛛？"

"我……我害怕，我真的很害怕蜘蛛。不好意思，能不能请你帮忙把它弄出去？"

那是个留着一头鬈发的漂亮女性，她的表情很急迫，像是快要崩溃了。虽然我也不喜欢虫子，但无法拒绝她。什么蜘蛛能让她这么害怕啊？我想象着狼蛛那样肚子圆鼓鼓、浑身都是毛的大蜘蛛，胆战心惊地走了进去。

顺着店员的手指看过去，我发现墙角有一只腿和身体都又扁又细的蜘蛛，正在慢悠悠地移动，那是建筑物里常见的幽灵蜘蛛。它看起来弱不禁风，走起路来摇摇晃晃，虽然不怎么壮硕，但因为八条腿长得惊人，看起来也算不小。若是害怕蜘蛛的人，看了可能会很害怕吧。

"店里没有网子，你能用这个吗？"

店员瑟瑟发抖地塞给我一个塑料袋。我张开袋口，轻轻包住了蜘蛛。因为不忍心杀生，我小心翼翼地把它托起来，生怕碰坏了什么地方。

接着，我拿着袋子走到外面，在树下放走了蜘蛛。它摇摇晃晃地爬了几步，然后待着不动了。

"太……太好了，谢谢你。"

店员如释重负地轻抚胸口，我也很高兴能帮上忙。当我表示不客气，准备离开时，又被她叫住了。

"那个，能请你留下来喝杯茶吗？为了表示感谢。"

"啊？真的不用了。"

"我们六点钟打烊，今天已经结束营业了。如果你有时间，请让我好好感谢你吧。我这就去泡热茶。"

我的确浑身发冷，也的确口渴了。于是，我被店员的笑容吸引，回身走进了店铺。

这个内衣店名叫"P-bird"。

"我叫寻子。"

店员在门上挂好打烊的牌子，反锁店门后说道。

"上幼儿园时，我用个假名当自己的名字，结果'ヒロコ'的'ロ'写小了，看起来就很像'ピコ'。后来，小伙伴就喜欢管我叫piko[①]或者小皮。连我妈妈都说听起来像小鸟很可爱，经常管我叫小皮，这就是 P-bird 的来历。"

店员……寻子小姐看起来跟我年龄相仿，也有三十多岁了。

"这边请。"

我被请到了收银台里面，那地方不太大，只有一张小桌子和两张圆凳，以及一个小冰箱。

"你还记得幼儿园的事情啊。"

---

① ヒロコ读音为 hiroko，ピコ读音为 piko。——编者注

听了我的话，寻子小姐耸耸肩笑了。

"算是听说吧。"

接着，寻子小姐就停止了交谈，往冰箱顶上的烧水壶里灌入一些矿泉水，打开了电源。然后，她才看向我。

"我自己不记得了，都是妈妈告诉我的。虽然记忆已经模糊，但是名称一直流传下来，印证了历史的真实性。"

就算没有记忆，也能得到印证……我突然心有所感，话语脱口而出。

"是啊。不知怎么回事，妻子和我的记忆总有不一致的时候。她说发生过这些事，我却一点都不记得，也不知道是不是真的发生过。"

说到这里，我突然很想辩解。因为我担心寻子小姐把我当成只知道说妻子坏话、愚蠢又没出息的男人。

"但我也在努力创造美好的回忆，而且很重视节日和纪念日。"

寻子小姐微微一笑。

"我想，你夫人跟你在一起，不是为了创造美好的回忆。"

我猛地抬头看着她，她慢悠悠地继续说道：

"回忆也许是留住时光的大头针，但每个人希望留住的时光各不相同，所以大头针插的位置也不太一样，这很正常。"

旁边传来尖锐的响声，水烧开了。

寻子小姐从柜台一角拿出了纸巾盒大小的白色木盒，摆在我面前。

"这里有各种茶，你挑一个吧。"

我险些叫出声来，里面几乎集齐了云纹咖啡馆收银台旁的所有种类的礼包。

"这是桥对面那个咖啡馆在我们家寄售的，云纹咖啡馆非常棒呀。"

我过于吃惊，磕磕绊绊地解释道：

"其实我今天就想去云纹咖啡馆，但是它打烊了。"

"哦？因为那家店星期一休息呀。"

"啊？可上次我也是星期一去的，那里在搞抹茶咖啡馆。"

"他们家都是定休日搞活动。但不是店长小航，而是老板。"

原来如此，他们不是提早打烊，而是今天休息。

不对……也许这样更好。多亏如此，我才能跟寻子小姐交谈。

我说明了情况，买了一包宇治抹茶，并在寻子小姐的热情相劝之下喝了一杯煎茶，然后离开了。

回到家，我发现西式房的房门半开着，里面透出灯光，走过去一看，理沙坐在地上，周围摆满了书，几乎看不见地板了。

"怎么了?"

我问了她一句,她呆呆地抬起头说道:"啊,你回来啦。"

"我回来了……那个,我今天想去云纹咖啡馆来着。"

理沙慢吞吞地站了起来。

"云纹咖啡馆?今天星期一,那里休息啊。"

"啊?……呃,嗯?"

"抹茶咖啡馆那天我不是说了嘛,当时我们在跟老板聊天啊。"

是吗?

我果然什么事情都记不住啊,我对自己有点无奈,但还是准备拿出茶包。就在这时,理沙小声说:

"没找到。"

"嗯?"

"信,没有了。"

理沙像是突然溃了堤似的大哭起来。

"本来是有的,真的有。博之给了我之后,我特别高兴,想着要把它收藏起来,就夹在书里了,没有骗你。"

她用手心抹了一把泪,继续说道。

"可我不记得是哪本书了。我记得是那本诗集,但是没有,最喜欢的小说里也没有,说不定在去年卖给旧书店的书里。"

看着像孩子般号啕大哭的理沙，我突然笑了。

理沙啊，人的记忆就是这样模糊不清的。

我们都会忘却，即使是认定了想忘也忘不了的事情。我们的大头针，或许也会插在远远偏离了那个目标的地方。

也许每一个人，都只是记住了自己想要记住的东西。

今年的白色情人节，我会给你写信。虽然我很害羞，依旧说不出爱你，可我保证会尽量表达自己的心意。

我当然喜欢你。我想让你开心，想看到你的笑容，也想知道你在想什么，我最想了解的人就是你。

就算你把那封信也遗失了，还是没关系。只要往后的某年某月某日，你还能在我身边展露笑容——

那一定就能印证我们始终在一起的历史真实性。

3

初春的燕子

（弥生·东京）

五岁那年，我一改调皮的性格，爱上了针线。

有一天，母亲在起居室里做手工活，那应该是父亲的白衬衫吧。母亲微微弓着身子，将白衬衫抱在怀里，专注地看着一个点。半透明的小纽扣，纤细的银针穿过中央的小孔。沙、沙，母亲每次拔出针，光滑的白色棉线都会发出悦耳的细微响动。

真帅啊，银针、丝线，还有母亲。看见母亲缝纽扣，我莫名感到兴奋，走过去打量起针线盒里的东西。圆形的针垫上插着好几根针，像是一片针林。

蓝色与红色的大头针、长短各异的缝衣针。我抽出一根短针，细细地打量起来，一端有小洞，从这里穿线，然后沙、沙……

针尖刺中了手指，我忍不住轻呼一声，母亲慢悠悠地说："很痛吧。"

接着，她放下白衬衫，紧紧地挨着我，耐心地教我穿针引线，用布头制作方形杯垫。

如果母亲是那种不准还没上小学的女儿碰针线，认为那样太危险的家长，我现在肯定不会经营一家内衣店，也不会制作销售内衣了。记住疼痛，等同于学会了避免疼痛的方法。

我只用平针做出来的杯垫得到了母亲的夸奖，在充实的成就感中，我猛然发现——

我衣服的袖口也有跟杯垫相似的针脚。我大吃一惊，连忙查看身上的衣服。领子、口袋、裙摆，随处可见整齐的针脚。

那时我还年幼，对衣服只有囫囵的认知，觉得它们天然就是如此存在的，但事实并非如此。衣服原来是用针线缝起一片一片的布，是可以自己做的！

对我而言，那就是一个耀眼的新世界的大门。

从短大的服饰科毕业后，我在服装公司做了一段时间的板型师，后来在一座河岸边的商住楼开了自己的店铺，如今已是四年过去了。

文胸、短裤、吊带衫、衬裙，店里陈列的都是纯手工制作的内衣类商品。

刚开业时，我租了一个地下铺面，两年前趁一楼的杂货铺关张，我就转移到了这里。虽然店租高了不少，但我认为这个决定做得很对。因为一楼店铺更容易吸引目光，也让客人能够更轻松地进店选购，商机变得更大了。

因为越来越多的客人在社交网站上分享店内商品，有一期电视信息节目专门做了店铺和商品的介绍。从那以后，不仅是店里的商品，连我自己都受到了各路媒体的关注。许多客人都说自己是看了节目和报道慕名而来，除了选购商品，还有人专门找我量身定制，因此营业额转眼之间就增加了两倍甚至三倍，我还顺利得到了银行的融资。

让大家知道我"在这里"。

我真真切切地体会到了宣传的重要性，无论多么努力制作好东西，若不能被人发现，就等同于"没有"。

这个铺面有很大的飘窗，我想这就是商品得到关注的最大因素，只要能设计好展示方式，那就是个从各个角度宣传商品的绝佳舞台。我设计的橱窗展示得到了出乎意料的好评，成为客人网络分享和媒体采访必不可少的取景区。

我会根据季节、活动、流行和时间，尽量频繁地创造这个空间的故事。因为是我一个人经营的店铺，所有事情都可以按照我的想法完成。

在这里展示的商品首先是为了"吸引目光",就像招呼客人走进店中一样。引人注目的华丽、动人心弦的魅力,这既是我的展示方针,也是我设计内衣时的主要想法。

我时常鞭策自己要再努力,更努力一些。毕竟这是没有后盾的个体经营事业,只是略有名声并不能让我安心。我必须不断设计出新颖的商品,以免客人感到厌倦,我还要尽我所能地做宣传。

三月的头三天,我以"桃花季"为主题做了展示。商品以粉红色为主,用嫩绿色点缀,烘托出春天的气息。

今天,我要撤掉那些展示,准备更换主题。我以模仿教室黑板的墨绿色背板为背景,在上面用白色粉笔写了"graduation(毕业)"。

主题就用"毕业"吧,这样一来,我自己也能向前迈进。

那个女生犹犹豫豫地走进来,还背着一个黑色吉他盒。

她体形又瘦又小,背着沉重的皮盒子却丝毫没有负重感。

我刚才在柜台接待客人时,就注意到她在门外目不转睛地盯着橱窗。今天风很大,她那一头长发不时被吹得剧烈起伏。而她一直抿着嘴,仿佛在对抗大风。等到店里的客人离开后,她就安静地打开了门,她是被橱窗吸引进来的——我暗自高兴。

"欢迎光临。"

我笑着打了个招呼。她指着橱窗开口道:

"请问……那里面的燕子围巾多少钱?"

啊——我轻叹一声。

"不好意思,那个不是商品。"

随着春天的到来,燕子要离开熟悉的家,飞往遥远的地方,它们黑白相间的身体也让人联想到学生的制服。我觉得这个形象很适合毕业季,就在橱窗里挂了一条有许多飞燕印花的围巾。然而,那是我将近十年前买的私人物品。

"这样啊,原来如此。"

"真不好意思。"

我再次道歉,她摆摆手表示没关系。

"其实我早就想进来看看,但一直没有勇气,这回总算找到好机会了。"

她灵巧地转身,开始打量店内的商品。她有一头黑色直发,背着吉他盒,身穿白色 T 恤与黑色牛仔裤,真的有点像燕子。

不过话说回来,我心情有点复杂。

橱窗里有两套展示风格不同的内衣套装,一套是浪漫风格的粉彩色内衣,另一套是精美干练的酒红色内衣。我把它们分别摆放在橱窗两侧,体现出从少女走向成熟女性的过程。

每一件商品都漂亮精致,我自认为算是佳作。然而真正吸引了眼前这个女生的,却是那条灰底黑色燕子花纹的装饰品小物。

尽管如此,只要能给客人提供踏入店内的契机,那也很不错。我不再纠结,而是开口道:

"我帮你把吉他盒暂时放在柜台里面吧?"

她想了想,点了一下头。我接过吉他盒,问道:

"你会弹吉他啊。"

"嗯,我会吉他弹唱。"

"哇,你还是歌手呢。"

她害羞地笑了笑。放下行李后,她开始仔细打量商品,为了不给她太大压力,我回到收银台工作,默默注视着她。

"P-bird……"

她突然转了过来,让我吓了一跳。P-bird正是这家店的名字。

"以前在地下吧。"

"啊?是的。"

"开张那天我去看过。当时我正好路过,发现了新招牌。"

我瞪大了眼睛,原来她早就来过了吗?

"原来你是第一天来过的客人啊。真是失礼了，谢谢你的光临。"

"不用，因为我什么都没买……刚开始商品还没那么多吧，展示也比较简朴。"

被她这么一说，我感到有些羞愧。因为地下店铺刚开张时，我还完全没法设计出吸引顾客购买商品的展示橱窗。本来店铺地点就很偏，又没有下功夫揽客，再加上我也缺乏让商品更吸引人的创意和技术，也许有很多客人像她这样，只来过一次就不再光顾了吧。

可是下一个瞬间，她说出了让我内心一阵悸动的话。

"其实那天我看到了特别喜欢的商品。那是一套内衣裤，纯白的，完全没有装饰，只在右侧罩杯上有一块白色羽毛的刺绣。"

她说的是……

我激动得无法言语，她又继续说道：

"它特别精致，拿在手上触感很好，一眼就能看出设计者很注重穿着的感觉和心情。看到它我就觉得，这是一家很棒的店。"

我拼命忍住了几乎要滑落的眼泪。正如她所说，我开张那天摆出了那套商品。

开张第一天打烊前，有一个高中女生跟母亲两个人走了进来。她们不时拿起商品打量，同时大声交谈。

"这个呢？"母亲拿起了白色的文胸。女儿很快就皱着眉说，"这也太老土了吧。"

"明明是手工制作的孤品，怎么会这么普通啊？你看看这内裤，什么啊，又不是幼儿园小孩穿的。"

二人相视而笑，扔下商品走出了店铺。

我在空无一人的店中，无声地拿起了那件被评价为"什么啊"的内裤，手指不受控制地轻颤。

这是用上等纯棉面料制作的，手感柔软舒适的内裤。我设计它时花了很多心思做研究，不让缝线触碰到肌肤，不让松紧带勒进肉里，跟它配套的文胸也一样，在不压迫乳房的同时轻柔包裹支撑。正因为这样，我才没有刻意使用过多的装饰，除了那一小块羽毛的刺绣。连刺绣都是我精心挑选，用略带光泽的结实绢丝制作而成的。

然而在客人眼中，它却是"怎么会这么普通"的商品。若要客人花钱购买，这样的商品或许确实有点不起眼，因为是白色面料与白色刺绣，那对母女甚至可能没注意到文胸上的羽毛。

我不能只做自己喜欢的东西，商品卖不出去就没有意义。

我下架了那套内衣，认为自己还要多多学习。

我要设计出穿着舒适，同时让所有人都眼前一亮的商品。

她看了看四周，微微缩起脖子。

"搬到一楼后，这里的气氛好像有点不一样了，所以我一直没敢进来。"

我感到胸口一紧，原来还有这样的客人。

此时此刻，我在关注着什么？如何做漂亮的展示，如何吸引客人，这固然是维持经营必不可少的东西，但最重要的，我真正应该做的……究竟是什么？

难道不是用心专注于每一件贴身衣物，把它送到每一位客人手上吗？

见我不说话，她慌忙说道：

"啊，我可能说太多了。其实我虽然一直没进来，但一直惦记着这里，只是我又想……专门买只为自己而存在的手工内衣，好像有点奢侈了。"

店里的商品定价都不高，虽然也有比较昂贵的款式，但整体来说应该还算实惠。尽管如此，考虑到人们在百元店也能买到内裤，她所说的"只为自己而存在"的内衣也许确实有点昂贵了。事实上，很多客人选购我的商品，都是作为馈赠的礼物。我的商品能够成为客人们重要的心意，我感到十分光荣。

而且,她所说的"奢侈",一定不只是金钱方面的奢侈。

不过——

我深吸一口气,缓缓说道:

"如果客人能把我做的内衣当成呵护自己的奢侈品,那我会特别高兴。"

内衣是贴身穿着的衣物,是与人最亲近的存在。

正因为它不是轻易可以露出来的衣物,我更希望客人能够精心挑选并珍视。合适的内衣无论在什么样的日子,都是一个人绝对的伙伴。我希望人们能够为穿着它而感到骄傲,希望人们相信自己是可以这样奢侈的人。

我一度忘却了。

我从制作连衣裙和外套起步,后来对内衣产生兴趣,最后独自创业,亲手销售自己做的商品。这个梦想的原点,就在这里。

我走进兼做仓库的办公室,从货架深处翻出一个纸箱。

那套白色的内衣就在里面,仔细包裹在薄纸之中。我把我对这套内衣的喜爱,原原本本地封存在了这里。

我把内衣拿出去,她眼中立刻闪出了光芒:"对,就是这个!"

"要试试吗？"

她毫不犹豫地点点头。没过多久，她就从试衣间探出头来，微笑着说："好像很合适。"

我戴上白布手套，道一声"打扰"，进去帮她调整。应该不需要改动，不过如果能在两侧多加一些垫料，让罩杯更服帖，也许穿着就更舒服。

"请给我五分钟时间，我帮你量身修改一下。"

银针、白线。

我用从五岁那年就心动不已的工具给文胸做着调整，心中思绪万千。

刚开张时，我只有满满的干劲，却缺乏自信。仅仅是一位客人的意见，就能让我手足无措。

后来店铺搬到一楼，生意走上正轨，我感到一切突然变顺利了。

但是不对。

我之所以能继续经营这家小店，并非因为把它搬到了地上，而是因为以前在地下时，已经有客人喜欢上了这家店，已经有人接纳了我费尽心血制作的商品。最重要的是，因为我喜欢制作内衣，所以我才坚持了两年，积累经验，并把店铺搬到了更开放的场所。

　　曾经在地下开店的我，真的很努力啊。虽然有很多烦恼，但也很快乐啊。我的店，从一开始就"存在着"。

　　她第二次走出试衣间，红着脸说：
　　"好厉害，穿在身上好舒服，合身得像没穿一样。"
　　我从来没在橱窗里展示过的纯白色的商品，如今那文胸严丝合缝地贴合着她的身体，仿佛这本来就是专门为她而做的。
　　我猜，一定是这样的。

　　"我想，我也该毕业了吧。"
　　结账时，她站在柜台外低声说道。
　　不等我开口，她就笑着说："我只是自言自语。"也许，她需要一点转机。
　　我移开视线，说道：
　　"其实毕业不只是走上另一级台阶，也是一个时机，可以认可自己一直以来的努力，感谢支持自己的人呀。"
　　她抬起了脸。
　　我笑着说："我只是自言自语，"然后将已经属于她的内衣递了过去，"欢迎下次再来呀。我在下一个季节等你。"

她背起吉他盒,穿过我打开的店门走了出去。

我深深鞠躬。谢谢你遇到了我的内衣,谢谢你喜欢上它。

她唱的歌,是什么样的歌呢?

我站在门前,注视着一只燕子振翅而飞。

一阵强风吹过,这一定是这季节特有的顺风。

我深吸一口气,挺直了身体。

新的春天即将来临。你与我,都身在其中。

4

天窗飘落的雨

（卯月·东京）

我扯了一下挎包的肩带,手背突然被冰凉的东西打到了。

我愣愣地看着上面的水滴,滴答、滴答。我站在原地,阴云中落下的雨点打在外套上、牛仔裙上。下雨了,我长出了一口气。

太好了,原来不是我在哭。

光都跟我约了在开在两国一座洗浴中心内的日本料理店见面。

餐厅在中心三楼。我站在门口张望,光都悠闲地坐在靠里的座位上。我对店员点点头,走了过去。

光都发现我,举起左手打了个招呼。她右手拿着筷子,正在吃天妇罗定食。我在光都对面落座，先开口道了歉。

"不好意思，我来晚了。"

"没什么，外面下雨了？"

光都边说边把炸虾泡在蘸汁里。她染成亚麻色的短发还湿着，想必是已经泡过澡了。她跟我同样是二十九岁，但光凭外表很难看出真实年龄。她的妆容和服装乍一看很老气，乍一看又很年轻。而现在没有化妆的她，则显得特别稚嫩。

"下了几滴吧，但很快停了。"

我回答着她的问题，翻开了立在桌子一角的菜单。

今天刚进入四月，雨水时有时无，天气变幻无常。一会儿阴云密布，一会儿又洒下阳光。

我嘀咕着要不要选刺身定食，光都一听就笑了。

"我就知道佐知会选那个，你太喜欢吃鱼了。等你去了加拿大，恐怕很难吃到刺身了吧。啊，不过那边应该也有日料店。"

"我不去了。"

"嗯？"

"我放弃了，不去加拿大，也不跟雄介结婚了。"

光都停下了筷子。我故意没用正眼看她，而是抬头叫来了店员。

于是，光都捧起味噌汤碗，短促地说道："是吗？"

我向店员点完菜，瘫靠在椅背上，对光都说：

"你已经泡过了？"

"嗯，简单泡了一下，没什么人。这里还有香氛美体和岩盘浴。我想试试泥浴，据说是一人给一壶，自己涂。"

"我们互相涂背后和其他自己涂不到的地方吧。"

"好呀。"

我们用平淡的语气聊着无关紧要的事情。

我本来计划下个月就辞职，退掉现在的公寓，去加拿大投奔提前三个月过去的雄介。我们已经决定了只请最亲的家人朋友参加婚礼，他的家人性情都很温和，我父母也喜欢雄介，为我们的婚姻感到高兴，连同事都说很羡慕我能跟在外贸公司工作的丈夫一起去加拿大生活。

一个星期前，我把这一切都变回了白纸。

刺身定食很快就被端上来了，我们仍在继续无关紧要的闲聊。聊我从事后勤工作的儿科医院，聊光都所在的网店的八卦。

光都没有问我为何取消婚约。当然，我知道只要我愿意说，她一定会听，而且会一直听到最后，从不打断。

她这样的性格总能让我特别安心。光都从不会侵犯别人的边界，也不会勉强自己去迎合别人，但是，她总是细心地观察周围，安静地给予关怀。

　　光都早到那么久，还独自去泡澡，是为了踩点。她先点了天妇罗定食一个人吃，是为了不让我因为电车停运导致的迟到而感到愧疚。

　　这些都是因为光都想做，并非因为"这都是为了你"，要特意卖我人情。我并不擅长人际交往，但是对为数甚少的几个朋友……对光都，我却甚是喜爱。

　　她约我来洗浴中心，也许是为了给我送行，让我在远离祖国前，好好体验一番日本的魅力。

　　尽管我辜负了她的心意，但还是很庆幸自己能见到光都，跟她聊这些无关紧要的话。

　　光都先吃完饭，翻开菜单挑起了点心。不一会儿，她像是突然想起了什么，抬头说道：

　　"对了，上回老板夸了佐知唱的歌。他说你以前就唱得很棒，最近声音还有了底蕴，连歌迷也变多了。"

　　她说的老板，是开在河边的云纹咖啡馆的老板。那是一家很小的咖啡馆，平时只有外聘的年轻店长小航独自操持。

　　从去年起，那家店偶尔会搞些活动，一般在定休日或平时打烊之后。只有在搞活动时，老板才会亲自营业。谁也不知道他叫什么名字，只管他叫"老板"。

我上大学时参加过民谣部的活动，工作后也不时在小 live house 和露天音乐会上演唱。有时是被人邀请，有时是主动申请。因为唱民谣只需一把吉他，我没跟别人合作过，一个人很自由，也很轻松。

有一次，我在町里举办的祭典活动上演唱，老板主动找到我，问我要不要到他的店里唱歌。他是个脑门上长着一颗大黑痣的小个子大叔，我看他第一眼就觉得很可疑，但不知为何我很快放松了警惕。就这样，我成了圣诞节活动的表演者之一，后来也时常在店里单独表演。

云纹咖啡馆搞活动从来不做宣传，只是不定期地偷偷搞。每场活动都有点小众，但是很好玩也很包容，总会有一些"感觉恰恰好"的客人参加。

后来我就不仅仅去表演，也时常作为普通客人参加咖啡馆的活动了。在活动中，我认识了表演"纸戏"的光都。

拍子木一声响，舞台上上演了宫泽贤治的《奥兹贝尔和大象》。不同角色的配音完全听不出是出自同一个人，让我大吃一惊。那个恍惚有些印象的童话经过光都的讲述，渐渐深入我的内心，让我感到一阵甘美的悸动。

我当时就想，真希望能跟这个人成为好朋友。然而，我无法大大方方地上去结识她，不管对谁都一样。所以轮到我在舞台上演唱时，看见光都坐在台下，我不知有多么高兴。从这个意义上说，我很感谢老板。

"老板那个人真的有点不可思议呢。"

"就是，他究竟是什么人啊？"

光都看着菜单应了一声，随后点了抹茶蕨饼。

虽然不知详情，但我听说光都家在京都经营和果子店。光都这个名字，好像也是哪个有名的和尚给起的。

不过，光都说话完全没有关西腔，而是婉转悠扬、魅力十足的腔调，就像声音的魔术师。

吃完饭，我们乘电梯到一楼，穿过了藏蓝布面上印着白色"女"字的门帘。

光都走到更衣柜前，大大方方地脱掉了衣服，我也一件一件地褪去了衣衫。

"啊，好漂亮。"

光都看见了我的文胸，这是我上个月在一个叫 P-bird 的内衣店买的。

"形状好漂亮啊，上面的羽毛刺绣还会根据光线发生变化呢。"

我特别高兴，她总能注意到这些小小的美好，注意到我珍重的东西。

她脱得一丝不挂,看着自己的肚子说:

"我有时会想,人为什么要穿衣服呢。"

我摘下文胸,回答道:

"一开始肯定是为了保暖或者防护吧,后来渐渐有了羞耻心。"

"不管原因是什么,人之所以有羞耻心,是因为大家都开始遮遮掩掩吧。现在不是还有袒胸露背生活的民族嘛,因为周围的人都要遮起来,所以自己会感到羞耻,因为有了羞耻心,就要遮起来,这是个死循环。"

光都锁上衣柜门,我也简单束起了长发。走在路上,光都又说:

"人是什么时候开始不裸体的呢?以前我在电视里看过,好像尼安德特人都学会穿衣服了。"

"所以人类全裸的时期比尼安德特人存在的时期还早?那是什么时候啊?"

"嗯……南方古猿?"

我们踩着微微凸起的防滑橡胶垫走进大浴场。里面宽敞明亮,有各种各样的声音和响动:流水声、水桶碰撞声、女人的交谈声。

简单地冲干净身体后，我们泡进了最宽敞的高浓度碳酸浴池。温热的池水包裹着身体，我忍不住闭上了眼，真舒服啊。

啊，不泡不知道，原来我的身体如此冰冷。

四肢和身体缓缓舒展，话语也自然而然地滑落。

"……偶尔有人会劝我参加专业的试镜，或者希望我出CD专辑。其实我想要的并不是那些，我只想唱歌，我只希望让想听我唱歌的人听见我的歌声。"

"嗯，我也一样，我不想成为专业演员，只想表演纸戏给大家看。"

"唱歌的时候，我的全身都在和鸣，我觉得这种感觉很棒。我向听众传达了一些东西，而他们会给我反馈，跟我共享那种感觉，就像一个整体。"

"我懂，我表演纸戏也有那种感觉。"

我点点头，把身体沉进浴池，只露出鼻尖以上的部位。

光都玩耍似的掬起池水，看着它缓缓流淌。过了一会儿，她指着浴场后方说：

"那里有寝汤。你瞧，就是天花板开了个洞的地方，过去看看吧？"

还真的是，那块天花板开了个云朵形状的洞。我们躺进浴池抬头看，头顶是淡蓝色的天空。

"今天一直开着呢,不知道还会不会下雨。能在室内全裸淋雨,肯定是很难得的经历吧。"

光都有点兴奋地说。

寝汤正如其名,浴池非常浅,让腰部沉下去,微微屈起双腿,两个膝盖就露出了水面。淡乳白色的池水轻盈纯净,在水面上能看见旁边光都泡在水里的脚尖。她的趾甲涂着深红色的甲油,衬得皮肤更白皙了。

光都的着装打扮比较简约,颜色也很低调,不是灰色就是黑色。但不知为何,看到她深红色的趾甲,我丝毫不觉得奇怪,我甚至觉得,这正是光都的性格。

也许是因为她在不随便让人看到的地方,燃烧着炽热的火焰?

"快看,天阴了,可能要下雨了。"

光都双手合十拜了拜,像是在祈雨。弧线组成的天花板空洞就像镶嵌了天空绘卷的画框,又像是形状奇特的平板,映出了天空的影像,灰色的云朵饱含着水汽。

这片天空与加拿大相连啊——我内心隐隐刺痛,察觉到自己还在留恋雄介。

我不想这样,尽管不想,但就是如此。我藏在心里的情绪,就是如此敏感而阴郁。

上周我对短暂回国的雄介提出分手时，他不可思议地看着我，似乎完全听不懂我的话。

他反复问了我好多次为什么。我尽力表达了自己的想法，但他就是不能理解，最后我只能一遍又一遍地说对不起。

这个消息对他来说，一定如同晴天霹雳。我从来没有拒绝过雄介，因为我害怕被他厌弃，因为我不想失去他。他的工作调动，我们的婚事，还有我自己今后的生活，我都默默地遵从了雄介的安排，自己一直蜷缩在壳中。

直到那一天，包裹我的外壳受到了沉重的打击，从而出现了龟裂。我对雄介说："也不知道还能在东京表演多少次。"

雄介的回答是："你想这些还不如多学学英语，靠唱歌能活下去吗？"

对我来说，"这些"比学英语更重要，"唱歌"也不光是为了活下去。

这就是决裂的关键，我已经支撑不下去了，我清楚地意识到我俩不能在一起。

我也有内心一直珍视的东西，我也有我的念想和盼头。微不足道但是温馨的演出，笑眯眯地听我唱歌的观众，从大学陪我到现在的吉他。还有我的工作也是，我很喜欢那个老妈子性格的医生，也衷心希望到医院来的孩子们都能恢复健康，并很高兴看到他们的成长。

我以前也很喜欢雄介,不只是以前,我现在依旧喜欢他。

他是个不服输的斗士,总是充满能量地带动周围的人前进,他的优点深深吸引着我。反过来,他拼命隐瞒自己害怕打雷的事实,又是那么可爱。

但是,我们有着决定性的不同。我们想要的东西,想守护的东西,想穿的衣服,想戴的装饰,也许还有想隐瞒的事情,都不同。

人类是否已经无法脱离衣服和鞋子而生活了?我们遮蔽了肌肤,隐藏了真心,极力装点自己、粉饰自己,想假装成不一样的人。人变得太复杂了,连我们自己都再也不能理解。

如果我们都是南方古猿,那该多好啊。

什么都不用在乎,什么都不用定夺,饿了就在草原上吃叶子,需要爱就紧紧相拥,每晚睡得香甜,迎接新的一天。因为没有成熟的语言,我们也无法伤害彼此。

只是互相喜欢,还不足够。

"足够了。"

光都突然开口道。我呆呆地抬起了头。

"只要能好好珍重自己喜欢的东西,这样就够了。佐知按照自己的想法行事就好,今后也一样。"

我感到了灵魂深处的共鸣,就像唱歌时一样。

它藏得太深,连我自己都不能看见,其实我真的只想听到有人对我说:这样就足够了。

希望有人对我说:你不需要感到羞耻。

下一个瞬间,随着滴答滴答的声音,池水荡开了一片片涟漪。下雨了。

"下雨了!"

光都高兴地喊着,张开了双臂。

被切割成云朵形状的天空落下了无数晶莹的雨点。从这个角度看,雨水既不是水滴形,也不是线形,而是椭圆的球形。我呆滞地、沉醉地看着漫天的雨点像数不清的透明糖果一般洒落。

天边亮起了一缕阳光,是太阳雨,雨点反射着阳光,透过天窗的空洞落在赤裸的身体上,而我平静地躺在浴池里。

我一直告诉自己,绝对不能哭。

因为是我破坏了约定,是我伤害了雄介,是我任性地选择了自己想要的生活方式。可是……

现在,还是允许自己哭泣吧,我可以哭泣。被雨点拍打,带着一身的汗水,最后任凭它们流入温热的浴池水中。全部、全部……就让我在这里尽情地哭泣吧。

然后,我要泡好澡,擦干身体,穿上最喜欢的内衣,穿上衣服和鞋子,我已经能挺起胸膛出发了。

等到这场雨停下,我就出发。

5

打响拍子木

（皋月·京都）

"京都也有好大学，这孩子怎么非要去东京呢？"

我是个和平主义者，所以听见奶奶说这句话时，我怎么都说不出"还不是为了远离你"。对方如果是个什么都听不进去的人，吵得再激烈也没有意义。我有自信不会吵输，但我也不知道究竟怎么才算赢。

我家是有三百年历史的和果子店"桥野屋"，从我懂事时起，父母就忙于经营店铺。奶奶说，京都的和果子店跟料亭和旅馆不一样，从来没有"老板娘"这种人物。奶奶从来都对爷爷言听计从，在背后支持他，默默完成"夫人"的工作，绝不抛头露面。每次她说起这些，总是特别骄傲。

但是到了爷爷去世，爸爸继承店铺时，时代已经改变了。

妈妈原本是个很能干的广告设计师，自然而然地成了"招牌老板娘"，开始精力充沛地抛头露面。她成功跟百货商场谈成了合作，后来还开了网店，让濒临破产的老店重获新生，这些都是妈妈的功劳。但是正因如此，我父母几乎很少在家，连学校的课堂参观都没去过几次。

"光都是我养大的。"这是奶奶常常挂在嘴边的话，不过，倒也并非谎言。奶奶很早就退出了店铺经营，一直围着我这个唯一的孙女转。

我总是很拘束。我觉得自己没有得到疼爱，而是处处被控制，裙子的长度、对东西的品味、社团活动的挑选内容……她甚至会趁我不在偷看我的日记和朋友写来的信。而且，她从不忘因此挖苦我。

升上高中时，我做了决定，我一定要考上远离京都的大学。

就这样，我在东京待了十年，完全改掉了关西腔。

咚——我把头靠在窗户上，凝视着不断流逝的风景。

黄金周过半，我坐在前往京都的新干线列车上。细数下来，我已经五年没回家了，最后一次回老家是大学毕业第二年，我才二十四岁。

车厢广播提示下一站就是京都，我听了身体微微一僵。为什么回老家会让我这么紧张呢？故乡不应该是让人安宁的地方吗？

打开家门，雪乃阿姨来到门口迎接我了。

"回来啦。"

她的笑容让我长出了一口气。

雪乃阿姨是我的婶婶，也就是我父亲的弟弟的妻子。

我上高三那年，雪乃阿姨从千叶县嫁了过来。她当时已经超过三十五岁了，但看起来很年轻。雪乃阿姨性格温和，完全不爱出风头，也从不大声说话。

我叔婶家就在隔了两间房的地方，雪乃阿姨自从嫁过来，就几乎每天过来给奶奶做饭，帮忙打扫家里，相当于一起生活了。她从不抱怨性格强硬的奶奶，还尽心尽力地照顾她，我和父母都对她感激不尽。

雪乃阿姨一直管奶奶叫"多津阿姨"，但我从未问过为什么。不过照奶奶的性格，我猜肯定是她不允许外地来的媳妇称她作"妈"。深爱着京都没有错，但奶奶的坏习惯就是喜欢排外。

我跟着雪乃阿姨走进屋，奶奶坐在起居室的摇椅上，正忙着看电视。

她肯定听见我回来了，却不往这边看。实在没办法，我只好主动说"我回来了",这时她才抬起头,随即瞪大了眼睛。

"你那脑袋怎么回事?"

都五年没见了,一见面还是挑剔我。虽然早有预料,但我还是忍不住叹气。我很喜欢我的灰褐色超短发,因为奶奶的命令,我直到高中毕业都留着披肩长发,染色自然是不用想了。现在这个发型,也许是对那个时期的叛逆。

雪乃阿姨走进厨房,又扭过来看着我。

"中午饭做好了,你要吃的吧?"

"嗯。"

父母好像都出门工作了,现在正是和果子店的旺季,他们当然很忙。我上了厕所,洗完手回到起居室时,奶奶正用座机打电话,她的语气特别郑重。

餐桌上摆着铺满金丝蛋的寿司桶,周围还有好多小碟子,蒸伏见甜椒、九条葱拌醋味噌鲣鱼、豆腐皮煮汤、京渍物拼盘。我咽了口唾沫。

奶奶打完电话,一边落座一边对雪乃阿姨说:

"明天十点町内会长要来,你备点薄茶。"

"好,再包点柏饼给他带回去吧。"

雪乃阿姨一边摆盘子一边应答。

所谓"薄茶",就是能随手冲泡的抹茶。

雪乃阿姨嫁过来之前，"只知道茶是绿色或者褐色的液体"，所以她一开始并不懂薄茶是什么，还偷偷来问过我。因为奶奶压根没有给她提问的机会。

现在，雪乃阿姨已经成了毫无破绽的好媳妇。她能做这么多典型的京都料理，还知道该送什么点心当礼物。

奶奶又看向我。

"吉平少爷还好吧？"

吉平是福居堂茶店老板的独子，我们两家代代相识，再加上茶与和果子本来就是互相搭配的物品，两家人经常有来往。

因为福居堂在东京开了分店，吉平二月就去了东京。

"应该很好。我也只是一月跟他见了一面，不过老板说吉平君虽然很忙，但是比以前更爱笑了。"

老板是京都画廊的主理人，在业界非常出名。他外表有点呆呆的，实际很有手腕，开展了不少事业。

今年年初，老板在他旗下的云纹咖啡馆搞了个抹茶活动，我给他提供了店里的点心，也跟同样被他拉去店里的吉平说了几句话。

"好想看看光都的纸戏啊。你难得回来休假，还专门为我们表演，真是谢谢了。"

听了雪乃阿姨的话，我忍不住微笑起来。

我考上东京的大学后，加入了戏剧社团。一次为了欢迎新生表演的纸戏，成了我迷上这种艺术的契机。

纸戏可以独自表演，而且花不了多少钱，我只需要有一个半径一米的空间，方便拔插画纸就足够了。因为没有器材要求，室内、户外都可以表演。保育园、老人中心、地方节庆活动……只要我主动联系，很多机构都会表示感兴趣，并且在表演一次过后，不少负责人都希望我下次再来。

于是，我毕业后一边从事网店管理工作，一边继续表演纸戏。

这次我之所以回老家，也是因为雪乃阿姨听了老板的话，专门请我回来的。她在公民馆有一份兼职工作，希望我在儿童节那天表演纸戏。我特别高兴，并且很认真地做了准备。

我先喝了一口汤，正准备回答雪乃阿姨，奶奶却开口了。

"现在早就不流行纸戏了吧。"

以前我跟雪乃阿姨聊网络视频，你不是还说"就知道追逐流行，真肤浅"。说到底，这个人只想挖苦别人而已。事已至此，我瞬间失去了在奶奶面前讲述纸戏的热情。

我默默地咬了一口甜椒，餐桌上回响着奶奶嚼咸菜的嘎吱声。

吃完饭，我在厨房跟雪乃阿姨洗碗聊天，收拾干净后回到了起居室。

奶奶躺在摇椅上闭着眼睛，手轻轻地搭在额头上。

今天一见面我就想，她的脸色好像不太好，会不会是身体不舒服？我按捺着不安，问了一句：

"奶奶，喝茶吗？"

奶奶微微睁开眼，"嗯"了一声。我正要走进厨房，她突然问道：

"你要演什么纸戏啊？"

我回过头，心跳有点加速，奶奶好像感兴趣。

"宫泽贤治。"

我一字一顿地回答道。奶奶突然惊叫一声，毫不客气地说：

"你能理解宫泽贤治吗？想读懂贤治可不容易，更别提讲给别人听了。那可是不得了的事情。"

我感到脑子里嗡的一声，心里豁开黝黑的大洞。奶奶并不知道我已经陷进了那个洞中，兀自继续道：

"我听说你上大学开始玩纸戏，不知有多惊讶。光都从小就爱哭，平衡感又不好，走到哪儿都摔跤，我都担心你这孩子这么笨，以后究竟能不能行。没想到竟然要在观众面前表演了，真难以置信。"

她嘲讽地笑了笑，她就是这样，她就是……我不能往心里去。

可是，我怎么能不往心里去呢？愤怒、悲哀，难以分辨的感情化作了炽热的话语。

"为什么啊？"

奶奶换上了严肃的表情，我奋力地挤出了声音。

"你为什么要一直贬低我啊？"

奶奶皱起了眉。

"我是在教你，不希望你失败啊。"

"无论我多么努力，你都不认可我，从小就是这样。我能倒着上单杠的时候，读后感被选中的时候，甚至考上重点高中的时候，你都要打击我！"

"上单杠？你记仇能记那么久啊？"

"当然要记，一直记着！你根本不知道那些话有多伤人！"

奶奶沉默了，我也沉默了。

我实在忍不住，跑出了起居室，从端着三杯茶的雪乃阿姨身边跑走了。

我呆呆地躺在自己房间的床上。

眼泪流淌下来。对奶奶的怨恨淌干之后，只剩下沉重的自责。

奶奶多少岁了？应该八十二岁了。我不该说那种话跟她结怨，毕竟下次不知道什么时候才能见到她。

在情绪爆发之后，我突然领悟了。原来我并不在乎别的，只希望能得到奶奶的肯定。

我站起来，伸手去拿装着纸戏道具的袋子。

那是我从东京带来的木制纸戏画架。我几经寻找，才终于找到了自己最满意的画架。它虽然有点重，但很方便拔插画板，关键在于它的外表也十分经典。那是吸引观众进入纸戏世界的绝佳舞台。

我带来的作品，全都是宫泽贤治的。

你能理解宫泽贤治吗——奶奶扎下的刺怎么都无法拔除。我感觉内心最柔软的角落受到了伤害。

我也知道解读宫泽贤治有多困难。所以我读了好多他的作品，反反复复，读了好多遍。我还做了许多思考，直到现在，我每次表演纸戏，都在不停地思考。我钟爱宫泽贤治的作品，从小便如此。

——我九岁那年。

父母工作很忙，总是半夜才回家。有一次，他们都出差去了。那天傍晚台风登陆，入夜后，屋外风声喧嚣。

爸爸妈妈都没事吧,家里的房子不会被吹跑吧,我连灯都不敢关,缩在被窝里瑟瑟发抖。

也许是看见门缝里透出了灯光,奶奶走了进来。

"睡不着吗?"

我缩在被窝里点点头。奶奶嘀咕着"真是个胆小鬼",转身走了出去。没一会儿,她又回来了。

"奶奶给你讲故事吧。"

我吃了一惊,原来奶奶是去拿书了。她掀开被子,问也不问就钻进了我的被窝,戴上老花眼镜翻开了书。

奶奶给我讲了故事。

是宫泽贤治的《夜鹰之星》。

那是奶奶第一次给我讲故事。更令人意外的是,奶奶的朗读极有魄力,听得我心潮澎湃。

可是对那时的我来说,夜鹰是个难以理解的角色。它被人挖苦外貌丑陋,靠飞虫为食,明明没有做坏事,只是心地善良,却遭遇了那么多灾难。而夜鹰变作星星的结局既可怕又悲伤,令我哭了出来。本来就是个担惊受怕的夜晚,奶奶为何还要选那样的故事呢?

奶奶还大声骂了我。

"哭什么哭，夜鹰成了比所有鸟儿都美丽的存在。你知道为什么吗？因为它靠自己的力量，奋力升上了天空！"

那本书不是绘本，而是文库版《宫泽贤治全集》的其中之一。那本书的封面又破又旧，很难想象奶奶究竟翻看了多少遍。

"再也没有人能伤害它，它也不会伤害别人。它从此只会照亮世间，所以夜鹰再也不用烦恼了。"

奶奶盯着书本说。

后来，奶奶就再也不给我念书，而是躺在被窝里独自看了起来。我不敢打扰她，又无事可做，不知不觉睡着了。第二天清晨醒来，我发现奶奶还睡在旁边，不禁吓了一跳。

所以夜鹰再也不用烦恼了——奶奶的声音，至今仍回荡在我耳边。

闷在房间两个多小时，我感到口渴，就去了厨房。奶奶不在起居室里。雪乃阿姨已经做好了做晚饭的准备。我走到她身边说：

"对不起，让你一个人忙了。"

"没什么没什么，备菜都备好了。吃枇杷不？"

她说那是千叶娘家寄来的枇杷，也不等我答应，就从冰箱里拿了一包，倒在洗菜篮里冲了冲水。我又看了一眼起居室，然后问道：

"奶奶呢？"

"她说要回屋躺一躺。"

奶奶果然身体不好吗？听了我刚才的话，她的病情会不会恶化了？

如果……如果奶奶真的生病了，我感到心跳越来越快，鼓起勇气问道：

"那个……奶奶是不是身体不舒服啊？"

雪乃阿姨像是忍俊不禁似的。

见我一脸呆滞，雪乃阿姨一边捞枇杷一边说：

"抱歉抱歉，我不该笑的。你别担心，她只是难得睡个午觉。你奶奶的体检结果一直很好，骨密度比实际年龄要年轻二十岁呢。她啊，就是健康的代言人。"

雪乃阿姨走到餐桌旁坐下，我也坐在了她对面。她拿起一个枇杷，开始灵巧地剥皮。

"多津阿姨知道光都今天回来，高兴得昨天一夜没合眼。今天早上也一直盯着家里的钟，还打电话给 JR 问新干线有没有晚点呢。每次听见外面有动静，她都要趴窗边上看看。中午饭的菜式，都是多津阿姨专门为你想的。"

其实我早有猜测。因为那一桌菜都是我爱吃的，金丝蛋近乎执拗的细丝也多半出自奶奶之手。雪乃阿姨剥好一个枇杷，递给了我。

"可是光都一来，她就爱搭不理，我看着都想笑。"

我接过了枇杷，丰盈饱满的果肉入口甘甜，还有一丝清爽的酸味。我漫不经心地想，这枇杷就像雪乃阿姨一样呢。

"多津阿姨其实很可爱的。她总是念叨光都。"

"肯定是在说我坏话吧。"

为了掩饰害羞，我故意说道。雪乃阿姨歪着头想了想。

"也不能说是坏话吧。多津阿姨从来不会谈论她不感兴趣的人。在她眼里啊，只有自己最喜欢的人，还有无所谓的人。"

我忍不住抬起头，雪乃阿姨笑了。

"每天傍晚，多津阿姨都要看电视上的全国天气预报，边看边念叨东京要下雨啊，会不会冷啊。要是屏幕上打出首都圈的地震速报，哪怕是震度1、震度2，她也急得在屋里打转，直到确定完全没问题了。光都你要是不信，就去问问她呗。"

我完全无法想象那样的奶奶。

与刚才温差显著的泪水，滴落在餐桌上。

我对奶奶……我讨厌她，喜欢她，很烦她，很想念她，不想再见到她，想对她撒娇。我对她的感情总是那么复杂，我不知如何是好。

我怀着厘不清的矛盾心情,痛苦不堪,只想远离。

与此同时,我特别特别担心她,希望她健健康康地活着。

变成星星的夜鹰,直至今日仍静静地燃烧着,只要世界依旧平静祥和。

但我并非星辰,我活在这片大地上。

因此,他人的话语会伤害到我,我也同样会伤害他人。

不过,如果我能凭自己的力量努力活着,是否能让大家都沐浴到些许光明呢?这么做,会不会让我也"不再烦恼"呢?

雪乃阿姨又剥了一个枇杷递给我,我微微点头。

"我自己剥吧,谢谢你。"

雪乃阿姨微笑着点头,自己吃掉了枇杷。

我正要回房,却在门口停下了脚步。

半开的门里,是奶奶的背影。

奶奶拿着我的纸戏画板——《风之又三郎》,她面带微笑,轻轻摩挲着标题。

宫泽贤治的作品中有许多奇特的登场人物。他们时而软弱,时而丑陋，时而愚钝，毫无粉饰，无比真实。

毫无逻辑、孤独又清澈丰盈的自然之理。人接受了自然的恩惠，也敬畏着自然，但还是要与无可掌控的感情对峙。宫泽贤治创造的世界，深深吸引着我。

我看着奶奶的背影，忍不住笑了起来。随后，我深吸一口气，用力推开了门。

"奶奶，你又随便进我房间！别乱翻我的东西啊。"

奶奶猛地转过身，飞快地放下了纸戏。

"我才没翻，我就看看。"

"骗人。"

对呀，就像这样，我只需要说出心中所想。何须隐忍，大可以吵上一架。为何要自己先认了输，觉得低人一等呢？

我让奶奶坐在床上。奶奶一脸狐疑，但还是坐下了。

我又把对着床的置物架上的东西转移到了桌子上，再把纸戏的画框放在上面，设置好舞台。

奶奶，我长大了。

我已经不是那个爱哭的小女孩了。

我已经能自己赚钱付房租、吃饭、交水电费了。我在工作上会遇到挫折，在感情上会遇到坎坷，但我还是重新振作起来了。

我学会了打蟑螂,学会了做好吃的煮山芋,学会了独自熬过担惊受怕的夜晚。所以——

"奶奶你看着。"

我想做什么都能做到,想去哪里都能如愿。我要变成螃蟹在川泽中低语,我要变成大象与同伴互相扶持,我要变成飞鸟翱翔于长空,我要变成骏马驰骋于大地。

打响拍子木,咔嚓咔嚓、咔嚓咔嚓。

"风之又三郎,且听我道来——"

呼!呼隆!哗哗!呼!
狂风呼啸
吹落了青核桃
也吹落了酸木梨

奶奶像小女孩似的乖乖落座,看得入了迷。

她的眼眸泛着水光,就像漆黑的夜空中静静闪耀的小小星星。

呼!呼隆!哗哗!呼!

我扬起声音,带着奶奶进入了故事中。
成为那个现身于暴风雨之日的怪异少年。

6

夏越大祓

(水无月·京都)

昨天下起的那场雨,直到早晨才终于停歇。看来今天出门不必带伞了。

六月三十日,今天应该是梅雨季节罕见的晴天。

准备好腰带与足袋,套上让人联想到绣球花的淡紫色单衣,真是种久违的感觉。我已经很久没有穿和服出门了。

丈夫还是和果子店"桥野屋"第九代当家时,我每天都穿着和服拼命忙碌,一边侍奉严苛的婆婆和寡言的公公,一边在幕后支持丈夫,养育两个儿子。

如今,我早已退居幕后。长子接了丈夫的班,儿媳加奈子嫁过来后,店里的气氛转眼就不一样了。她总会提一些让我觉得天真得无以复加的建议,比如搞什么莫名其妙的网上销售,还有折扣促销。甚至在有线电视的节目和地方杂志的采访中，她也代替我儿子滔滔不绝。我无法忍受自家的和果子店受到如此轻薄的对待，每次都出言阻止，但每次都劝不动他们。因为大儿子对加奈子言听计从，反过来说如果都像我这样顾着面子，最后店倒闭了不就本末倒置了。

意外的是，他们的做法反倒迎合了当今世道。

原本一直赤字的财政转亏为盈，加奈子也成了招牌老板娘。换言之，加奈子的做法才是"正确答案"。这个结果就像在暗示我"我已经过时了"，我很不甘心，干脆下定决心再也不参与店铺经营。

为此，我有了照顾孙女光都这个光明正大的理由。既然你们都要顾着店铺，这孩子就由我来好好养育吧。

光都为我创造了一方天地。我真的很爱她，正因为很爱她，我决定不溺爱她。也许我过于严苛了，事到如今，我已经不知道如何表达疼爱。

我出门走了一会儿，路过公园门口时，发现一只猫坐在树下舔毛。那是常在附近转悠的白色小野猫，右眼是黄色的，左眼是蓝色的，额头上还有一小块伤痕。

"小白。"我喊了一声，小猫抬起头来。这是我擅自给它起的名字，因为它全身白毛，所以叫小白。小儿子的媳妇雪乃管它叫"棉花糖"。它刚在这里出没时还很小,全身毛茸茸的,所以雪乃给它起了这个名字。

我弯下腰问道:

"下了好久的雨,一定很难受吧。昨晚你在哪儿过的?"

小白兀自舔着前腿,也不知听没听我说话。

"梅雨还有段时间呢,你自己注意点啊。"

喵——小白应了一声,真可爱。我直起身继续往前走,隔着人行道的护栏,一辆自行车擦着我飞驰而去。

来到路旁的邮箱前,我从手提包里掏出了明信片。前些天,一个朋友给我寄了手绘信,这是给她的回信。不经意间,我瞥到了明信片的下半部分。以前大儿子曾经指出过这个问题,现在证实他说对了。

大儿子说,我写自家地址时会刻意放大"下京区"三个字。看来我总在不经意间流露出土生土长的京都人的骄傲。

那有什么不好,毕竟是真的。

京都市下京区×××,桥野多津。

多津是我母亲熟识的和服裁缝的名字,她聪明又美丽,是个大家都倾慕的人。母亲给我起这个名字,就是希望我也能变成多津老师那样美好的女性。多津老师对我很好,所以我也很喜欢自己的名字。然而,现在几乎没有人用这个名字叫我了。

"那我就叫您多津阿姨吧,您直呼我的名字就好。"

这是雪乃提出来的。那时她刚嫁过来没多久,听完我的感叹,就这样提议了。

面对她如此亲热的提议,我最初有点措手不及。因为雪乃看起来是个恬静胆小的孩子,我还以为她有点怕我。但我很快就发现,事实并非如此,她其实是个大方活泼的人,而且聪明又坚强。

像称呼朋友一样称呼自己的婆婆,换作我是绝对想不到的。在这件事上,我也深深感到时代变了。

我把明信片塞进邮箱,转而走向了公交车站,今天我要去四条的百货商场。

商场的地下二楼很是热闹。

可能因为快到中元节假期了,我穿过金碧辉煌的西式点心区,走进了和果子专区。

和果子区共有八个店铺出摊。我信步向前,用眼角余光瞥着两旁琳琅满目的和果子。

——我们家的最好。

我们绝不可能输给别家,虽然我已经不参与经营,但十分确信这点。

桥野屋在倒数第二摊。我先在和果子区侦察了一圈,最后停在了熟悉的招牌前。

里面只有一个店员,这小女孩应该是打零工的。她笑着对我说:"欢迎光临。"

我用目光向她致意,正好有别的客人进来,她便没注意到。她压根不认识我,这也是理所当然的。

这要是十年前,还有资深员工会教训一句"你这笨蛋,那可是老板的妈妈,大老板娘"。不过现在,连那样的人也几乎没有了。

讽刺的是,我反倒情愿这样。毕竟先前斩钉截铁地说了不再插手店铺事务,再到总店去多少有些尴尬。若是混在百货商场的普通客人里,事情就不会传到儿子和儿媳耳中。平时给别人送礼,我都吩咐大儿子带到家里来,可是自己想吃桥野屋的点心时,我实在说不出口。

那年轻的店员穿着干净的白衬衫,外面套着桥野屋的围裙。头发虽然绾得很整齐,两只耳朵却挂着耳环。我实在看不惯,很想上去说她两句,但努力忍住了。

我看向玻璃展示柜。

果然有,不对,应该是没有不行。我要找的就是只有现在这个季节才能看见的，熟悉的三角形。

我今天就是为它来的。

六月三十日，夏越大祓这天必不可少的生果子。白色外郎饼上堆着甜煮小豆，软糯甘甜……

"请问，有水无月吗？"

听见身后的声音，我忍不住转过头去。

那是个年轻男人，穿着半袖衬衫，系着领带，西装外套搭在一只手上。他可能只有二十几岁，干净利落的眉形给人一种清爽的印象。听他的口音，不像是西边的人。

"有的，请稍等。"

正在接待其他客人的店员一边忙碌一边回答，看来她遇到了要求特别多的客人。

年轻人好奇地盯着玻璃展柜。

我终于按捺不住，指着三角形的果子对他说："这就是水无月。"

每个店铺的水无月都很不一样。首先，外郎饼的硬度和小豆的数量就各不相同。另外，有些店铺的三角形切口很整齐，有的则自然松散，给人以更多的亲近感。

以前，多津老师曾说过，她最喜欢桥野屋的水无月。

听到那句话，我不知有多开心。桥野屋的水无月用透明的寒天保持小豆的黏合，对豆粒大小也十分讲究。除此之外，外郎饼的柔软和嚼感，都经过了反复调试。

自从嫁到桥野屋，我每年六月三十日最大的乐趣就是亲自送水无月到多津老师家，跟她一起品尝，再天南地北地闲聊。

"桥野屋的水无月亮晶晶的，真好看啊。"

每到这个季节，我都会想起多津老师说这句话时温柔的目光，然后心中一阵刺痛。

购买水无月的年轻人没有被我唐突的发言吓退，而是高兴地说：

"哎，原来这就是水无月啊。"

他几乎贴在玻璃柜上看了一会儿，然后笑着看向我。

"其实我就姓水无月。水无月裕司。"

听了他的话，我只能回答"这样啊"。这个年轻人突然大大方方地对素不相识的老人家做自我介绍，反倒让我措手不及了。

"我昨天出差到京都，明天就回去了。跟我对接的人说，京都有一种叫水无月的和果子，只有这个季节能吃到，我就特别想尝尝。"

"你从哪儿来啊？"

"东京。"

东京，那是光都生活的地方。自从十年前考上那里的大学，光都就不怎么回来了。上个月，她时隔五年回来了一趟，结果只待了一晚上又走了。

那孩子过去胆子很小，现在长大了不少，还知道表达自己的想法了。她还给我表演了她在东京搞的纸戏，我看着看着，竟然眼泪就淌下来了。因为我感觉到，光都确实吸收了宫泽贤治的一切。她在我所不知道的东京，一定经历了许多事情吧。高兴的事，伤心的事，肯定都有不少。见她成长了那么多，我哪儿能不高兴呢？

不过，我也有点寂寞，老实说，是很寂寞。也许，我已经帮不了那孩子了。就算我不在了，那孩子一定也不会受到影响。

水无月先生问道：

"不好意思，我还是不太了解这种点心。它能驱邪还是做什么吗？"

店员还在忙着接待其他客人。我见水无月先生这么健谈，就忍不住开了口。

"是这样的，咱们这儿有夏越大祓，以前王公贵族都在六月的最后一天口含冰块消暑呢。这么做是为了给自己打气，迎接即将到来的酷暑。只不过啊，以前的冰都是奢侈品，一般老百姓吃不到，所以人们就将白色外郎饼切成三角形，用来代替冰块。"

水无月先生兴高采烈地说：

"太有意思了！"

见他这么积极的反应，我忍不住高兴地笑了，真不体面。我用力抿着嘴唇，水无月先生已经看向了玻璃柜。

"现在反倒是穷人买不起这种点心，只能含冰块消暑了。没想到那个习俗还能保持到现在，真不可思议。"

我感到心中一凉。

在这个年轻人眼中，水无月的传统也许很没有意义。他也许会奇怪，为什么这种不合时宜的习俗仍在延续。

不过，水无月先生又着迷地开口道：

"时代和情势都已经变迁了，这种消灾解厄的传统还在不断传承，真好啊。"

我猛地屏住了呼吸。

他的话让我恍然大悟。在这个能够轻易得到冰块的时代，为何这样的点心还能传承下来？

我心中充满了难以言喻的喜悦。我这辈子与和果子打的交道，似乎在他那一辈年轻人中留下了一点什么。

水无月先生又一次看向我。

"这上面的小豆有什么意思吗？"

我再也忍不住，咧嘴笑了。

"小豆可以驱除恶灵，因为妖魔鬼怪都很怕豆子。"

没错，传承下来的，是人们的祈愿。

世事难料，每个人都必须面对并跨越各种苦难。我们必须承受不由自己控制的、意料不到的灾难。

所以，我们才要在和果子里注入祈愿。希望每个人和美安康，不输给夏日的酷暑，也不输给妖魔鬼怪。

店员总算接待完了前面的客人。

"让您久等了。"

她愧疚地说着，水无月先生则摇头表示没关系。

他买了两块水无月，在店员打包时，转过来朝我行了一礼。

"谢谢您告诉我这么多典故，我觉得这趟真是来对了。其实很久以前我就下定了决心，在京都买和果子一定要买桥野屋的。"

我心中一颤。

"为什么？为什么一定要买桥野屋的？"

"我是从事活动组织工作的。很久以前，电视台发了个订单，要做一场艺人的大胃王比赛。节目内容就是摆出很多地方名产，一边做介绍一边比赛谁吃得快。当时桥野屋的和果子就在候选名单里，而老板娘正好在东京，我的上司就带我去找她了。"

水无月先生说到这里，似乎想起当时的场景，扑哧一笑。

"那是个大台，又是收视率很高的综艺节目，肯定有很好的宣传效果。可是没想到，老板娘一口回绝了。她说我们家的和果子可不能这么吃，就算宣传效果再怎么好，她也绝对不答应。她还说，那都是精心设计改良出来的点心，希望客人能在美好的时刻慢慢地欣赏、细细地品味。当时她可生气了，眼睛都恨不得冒出火来。我目睹了老板娘对自家和果子的深厚感情，从此就忘不掉桥野屋了。"

原来，传达出去了。
我的……我们的心意，早已完完整整地传达给了加奈子。

难以言喻的情绪涌上心头，我不禁按住了胸口。
店员包好点心回来，水无月先生付了钱，接过他买的水无月。我愣愣地站在一旁，注视着那个场景。

接下来，水无月先生应该会在酒店房间里品尝水无月，并在第二天返回东京吧。

"东京，是这么好的地方吗？"

我小声问了一句。水无月先生笑了。

"至少对我来说，是个好地方。因为我喜欢的人也在那里。"

看着他略显害羞的表情，我微微点了一下头。

是啊。只要光都在那里，那么对我来说，东京就是个好地方。

即使日本每一个家庭的冰箱里都能随时随地拿出几乎不花钱的冰块，每年夏季来临之前，水无月依旧会为人们消灾解厄。

即使多津老师已经不在了，只要雪乃还会叫我"多津阿姨"，老师就一直笑眯眯地陪伴在我身旁。

时代在不断改变。

曾经有过的东西会消失，新的事物会出现。

我置身于时代的洪流中，始终怀抱着一个信念。想要珍视的东西，即使形态改变了，也会传承下去，也会一直存在。

"那我先走了。谢谢您。"

水无月先生恭敬地弯腰行礼，我也回了礼。

是我应该感谢你,请你努力工作。

水无月先生走后,我也要店员包了一块水无月,心中默默祈祷接下来这半年的平安顺遂。

这时我才发现,店员耳边摇曳的坠子,竟是可爱的风铃。那一刻,我的心中顿时充满了暖意。

7

大叔与愿笺

（文月·京都）

我是一只猫，有许多名字。

那些人类都随便给我安名字，比如小玉、小白、咪咪。我还有许多食物的名字，因为我全身白毛，所以食物的名字都与白色有关，比如牛奶、棉花糖，还有年糕。一开始我还奇怪为什么是年糕，在舒展腰身时又觉得那是最贴切的名字了。我的身体可以伸得老长，这柔韧的身子骨，连我自己都无比骄傲。

曾经有个人抱起我，老神在在地说："你啊，换成人类该有二十岁吧？正是青春年华呢。"

我不懂那些。难道人类觉得时间在所有生物眼中都有同样的速度和同样的密度吗？用人类所谓的"年龄"来衡量事物，真是太荒谬了。

虽然人类很可笑,但我最好奇的还是他们一刻都不离身的板子。他们一会儿拿起来敲,一会儿放到耳朵边自言自语,有时还停下来拿板子对着天空和花朵,真不知道他们究竟在干什么。

不过话说回来,那块板子会发光,还会偶尔发出声音,搞不好是活物。如果是真的,那人类肯定特别疼爱它们。明明只是一块扁扁方方的东西,究竟有多大的魅力,能让人类带着不离身,真是想不通。

我的右眼是黄色,左眼是蓝色。据说这叫作鸳鸯眼,以前的日本人管这叫"金银眼",是一种吉兆呢,被当作招财猫的感觉并不坏。不过,我还是有点奇怪,因为那都是人类自己编造的故事。我没有那么特别,只是一只有点好看的小猫咪罢了。

要问我为什么知道这些,其实都是旧书店的大叔说的。我是一只所谓的野猫,从来不在谁家定居,而是四处流浪,认识了不少人类(我对他们的好恶都很分明),最喜欢的就是这个大叔。

因为我心情不好的时候,大叔从来不会硬要摸我,也不会尖声高叫"好可爱好可爱",更不会一脸兴奋地举着那块板子对准我。大叔有把椅子摆在敞开的大门边,平时就坐在上面安安静静地看书，见到我就眯着眼笑笑，然后继续看书。

只要我走过去躺在大叔脚边，他就会在绝妙的时机给我拍拍屁股或挠挠后颈，然后用低沉的嗓音慢悠悠地对我说话。太棒了！

今天我在散步之余，又去了大叔那里。

大叔的旧书店离我平时活动的梅小路公园并不远。穿过一条人烟稀少的小巷，再穿过一座空房子的庭院，瞅准没有汽车和自行车的时机跑过马路就到了。

我很喜欢大叔的气味。不过我最近发现，其实我是喜欢旧书本的气味。那个气味让我莫名安心，特别能平复心情。纸张和墨水吸收了许多年的心念，变得轻松而自在，不急躁、不焦虑。

我也很喜欢走进店里的客人，因为他们的举动都很安静。也许，聚集到大叔身边的人，都跟大叔有些相似。

我喜欢人类看书的模样。他们那个样子很美，明明身在那里，却像去了远方旅行。身体虽然是静止的，但总有什么东西在跳动。

大叔的店很小。

小小的，旧旧的。

大叔总是一个人。

他的夫人偶尔会来，放下便当聊几句就走了。

大叔会慢悠悠地吃掉便当。

有时还会把煎过的鲑鱼皮挑给我吃。

我们关系已经很好了，大叔却没有给我起名字，而是叫我"小猫"。但这正是大叔的性格，我很喜欢。

大叔的店待着很舒服。

我经常昏昏沉沉地睡过去，醒来后错以为自己出生在这里。

我还会想，如果是真的就好了。当然，只有一瞬间。

我来到店门前，发现门口多了一棵没见过的树，不禁吓了一跳。那是一棵细细的树，跟大叔差不多高。

长满绿叶的纸条上挂着彩纸，哗啦啦、哗啦啦地摇晃着。我感到了超越意志的狩猎本能，想也没想就扑了上去。这是什么？我好像见过，又好像没见过。

搞不清楚。

"好了，别捣乱。"大叔笑着走出来，蹲下身摸摸我的头。

我额头上有道伤疤，但已经很久了，一点都不痛。

"这个叫愿笺。今天是七夕，要把它挂在竹子上。"

大叔粗大的手包裹着我的下巴，力道恰到好处，我舒服得发出了呼噜噜的声音。我压抑住兴奋，仔细打量那棵树，发现那不是地上长出来的，而是插在伞桩里。

"今年七夕是晴天，真好啊。"

大叔站起来挂愿笺，声音变得遥远了。

我的左耳好像不太灵光，不过因为天生就这样，我也不知道究竟有多不灵光。

不过正因如此，我从小就遇到过许多危险。不知道有多少次，我险些没能躲过从转角冒出来的汽车和突然扑下来的乌鸦。

有一次，我不小心跑进了一只老猫的领地。那只硕大的虎斑猫生气地冲过来，我没有及时发现，被它挠了一下，就有了额头上的伤痕。

我刚出生时也许有妈妈，但可能很快就没有了，我不清楚。我可能有很多兄弟姐妹，但可能都失散了，我也不清楚。

总之等我回过神来，只剩下自己一个了。我完全不记得发生了什么，只记住了自己曾经很寂寞，而且很痛苦。

"在这些纸上写下自己的梦想和愿望,就能让星星看到了。"

梦想和愿望?

我转过头去。

看到大叔看着愿笺的目光,看到他眼中的祈愿,我突然明白了。

书本,一定就是愿笺的集合吧。里面装满了梦想,还有愿望,装满了人类憧憬的东西。

因为实在是太多了,没办法都挂在树上让星星看到,人类才会代替星星,从一个人到另一个人,轮番阅读吧。

"我给小猫也写一张吧?"

大叔对我笑着说。

我别开脸,做了个"免了"的动作,开始给自己舔毛。

因为啊,那些梦想和愿望,我都不太懂。

对人类来说,梦想和愿望大概就是在未来闪闪发光,却还没得到的东西吧。也许是像这愿笺一样,在风中摇摇晃晃,飘忽不定的东西。

我对以后的事情不感兴趣,我只活在现在,只拥有我自己。我只拥有不太灵光的一只耳朵、额头上的伤疤,还有悲伤的经历。没有什么幸福或不幸福，这就是我坦坦荡荡的生涯。

我从未拥有过什么，今后也不想拥有。

我最喜欢的大叔正笑眯眯地站在我眼前。

这里是令我安心的地方。

只要这样，我就满足了。

我有点困了，便把脑袋搭在前腿上，闭起了眼睛。

大叔啊。

大叔的梦想是什么？愿望是什么？

半梦半醒间，竹叶摇曳的声音隐隐传入耳中，就像是梦幻般轻柔的安眠曲。

8

捡漏

（叶月·京都）

蝉鸣声响彻了纠之森。

宽阔的参道上方，绿叶形成了拱顶，树荫的两侧竖立着三十多顶白色帐篷。

年轻的女客停下脚步，瞥了一眼我摆出的书箱。但是，我正要起身接待，她就走到隔壁去了。她手上摇着小扇，扇面印着"下鸭纳凉旧书节"几个字，是入口分发的赠品。

这个旧书节设在每年中元节前后，这是我第一次出摊。活动持续六天，规模很大，除了京都当地，外地也有许多旧书店和客人前来参与。

我的摊位正好在一片树荫之下，但现在毕竟是八月中旬，下午相当炎热。即使摊位上不时有凉风吹过，要在户外待一整天，也得做好相应的准备。

妻子富贵子给我准备了包着冰袋的毛巾，我把它按在太阳穴上降温，但现在冰块早已融化，成了软趴趴的水袋。其间有许多客人路过，大多只是走马观花，少数会停下脚步多看两眼，只有寥寥几个一言不发地买书付钱。总而言之，生意并不红火。

曾经有个旧书店评论家说我的店"选品虽然独特，但缺乏统一感"。然而，若只收集自己觉得好的书，难免会变成这样。换言之，我喜欢的书都很奇特，而且缺乏一贯性。话虽如此，对爱书之人来说，书不就是这样的吗？

我五十二岁那年辞去工作，到现在已经开了十年旧书店。家中有妻子，但没有孩子。富贵子比我年长五岁，以前是高中的数学老师，现在已经退休，在培训学校做辅导老师。她情绪稳定，头脑聪慧，是个喜欢高效工作的人。而且她特别喜爱数学，性格与我截然相反。

"辛苦啦。"

我正想着富贵子，她本人突然冒出头来，吓了我一跳。

"去休息吧，摊子我来看着。"

这么说来，她今早的确说过"要是能去我就去"。富贵子从未替我看过店铺，只会不时给我送便当来。

她对我的生意不怎么感兴趣，所以并不常来，今天好像是难得有了兴致。

她还挎着一个小保温箱,一言不发地打开盖子,掏出了新冻好的冰袋递给我。我也一言不发地接过来,重新包在毛巾里。保温箱里还有几瓶冷饮。

"我带水壶来了,你的冰茶应该快喝完了吧。"

"谢谢,你只要按照牌子上的价格卖就好,那我先走了。"

我接过水壶,捧着自己带来的饭团走出了帐篷。妻子虽然做事风风火火,像个年轻人,但也已经六十七岁了。我不忍心让她一个人在酷暑中长时间工作,而且万一客人有问题,她恐怕一个也回答不上来。所以我先上了个厕所,坐在参道旁的长椅上,飞快地吃了饭团,喝了几口茶。

呆望着来来往往的游客,我不知第几次陷入了思索——这样真的好吗?

十年前我提出要辞去工作开一家旧书店时,富贵子只说了一句"做你喜欢的就好"。不是我吹嘘,当时我也算公司高管,收入非常高,所以我没想到她会这么干脆地答应下来。我这人完全不懂得做生意,又想开一家怎么看都不可能很赚钱的小旧书店,她却没有干涉。不过富贵子平时就是这种大大咧咧的性格,叫人看不出她究竟在想什么,搞不好她什么都没想。

老实说,我之所以想这么做,也是因为富贵子有一份稳定的工作。迄今为止，我还算把店铺打理得不错，能够保持运转，没给她添麻烦。可是，当年我如果坚持原来的工作，现在一定能给她更宽裕的生活。

其实，我会不会连累她了？富贵子会不会后悔跟我结婚？

我总是会产生这样的疑虑，却一次都没说出来过。

休息了片刻回到会场，路过一顶帐篷时，我看见了熟悉的面孔。

"哎，吉原先生。"一张笑眯眯的脸叫住了我，那是我在旧书店行会相熟的江田杉先生。

"你的摊位原来在这里啊，卖得怎么样？"

我问了一句。

"还行吧。"

江田杉先生满足地笑着说。

看他这个表情肯定不是还行，而是火爆极了。我暗自想着，嘴上应了一句"这样啊"。

"对了，吉原先生。那个，总算让我弄到手啦。"

"哪个？"

江田杉先生嘴角一勾，小声答道：

"就是那个啊，你也很想要的……太宰呀。"

我瞪大了眼睛。

那个，莫非是……太宰治《晚年》的初版？莫非是行会成员小宫山先生没能拍下来，后悔得直拍大腿的那个？

"带腰封，毛边本！"

"太好了，太棒了呀！多少钱？"

"二百万！"

我摊开双手表示震惊，江田杉先生兴奋地张大了鼻翼，两个中年男人正咋呼个不停时，客人走过来喊了一声"不好意思"。江田杉先生应了一声，朝我微微点头，高高兴兴地走了过去。

真好啊，《晚年》的初版，还是毛边本呢。

毛边本就是切口不裁开的书，读者购买后需要用裁纸刀自行裁开阅读。你说，这是多么有趣的设计啊。

《晚年》的初版毛边本十分稀有，小宫山先生没拍到的那本还有太宰治的签名，价值应该将近三百万日元。

但是对旧书收藏家来说，这并不是多么稀罕的金额。有的书甚至能拍出几千万的高价。

我回到自己的摊位时，富贵子正坐在折叠椅上，拿着圆珠笔在摊台一角玩数独。那是一种在划分了好几个区间的方块中填入数字的游戏。

"我回来了。"

"哎，挺快啊，怎么不多休息一会儿？"

"刚才碰见行会的人了。他用二百万买下了太宰的《晚年》初版。"

"哦？那他今天要卖吗？"

"怎么可能卖？"

我摇了摇头，富贵子应了一声"这样啊"，便继续拿着圆珠笔敲脑袋。旧书的价值越高，她似乎就越无法理解。

不管是小宫山先生还是江田杉先生，一旦买到那种书，肯定都不会轻易卖掉，顶多只放在店里展示。他们就是想炫耀自己拥有那本书。

"不卖给客人，光在旧书商中间流动，那有什么用？"

富贵子无奈地笑了笑。每当这种时候我就会想，富贵子会不会其实不喜欢丈夫开旧书店。

话说回来，她没有主动汇报，想必我离开时的营业额为零。而且她能坐在那里玩数独，证明真的没生意。因为只有一把椅子，我便站在富贵子身边，重新粘好了几张快要脱落的标价牌。

这时，一对看似大学生的年轻男女走了过来。他们手牵着手，空出的手分别拿着扇子和饮料瓶，应该是情侣吧。

男生突然扭过身子大喊道：

"啊！《海葵侦探》……！"

他似乎看到了最角落那箱百元本里的漫画书。瞳孔张大、嘴唇半开，他显然浑身散发着狂喜。

已经快要走到隔壁摊位的女生被他拉住，回过头来。

"什么？海葵？"

女生笑了起来，男生把扇子夹在腋下，用很不自然的动作伸手去拿漫画书。我不禁感慨，这孩子像是怎么都不愿撒开女生的手啊。

"孝晴君，你要买那本漫画？画风好吓人啊。"

女生皱着眉刚说出口，那个叫孝晴君的男生就露出吃了苍蝇的表情，随即无力地笑了笑，收回要去抓住漫画的手，拿起了腋下的扇子。

二人虽然离开了，但我还是将那本漫画拿了出来。

《海葵侦探》，全三卷完结，我这里只有一本第二卷。

作品出版于二十年前，是作者音塚布恩初期创作的少年漫画。

这套作品没什么话题性，画风也的确拙劣诡异。我记得音塚布恩后来又创作了几部作品，没想到这么年轻的人也知道他。

漫画的主人公是顶着海葵脑袋的侦探，虽然是搞笑漫画，但故事性很强，会在不经意间让人感动一把。海葵侦探性格敏感，本是正义的伙伴，却因为自己身上的毒性万分苦恼。

这本第二卷不知何时与其他两卷失散，兜兜转转地来到了我手上。老实说，我本人并不太喜欢这部作品，但是我确信，一定有读者钟爱着海葵侦探。

世上有许多书，应该说，有非常非常多的书。每一刻都有无数的书问世，也有无数的书消亡。

正因如此，我觉得自己可以暂时收留像这本漫画一样被人遗忘的书，耐心地等待寻觅它的那个人。

"不好意思。"

听见那个声音，我心中猛地一颤。

你瞧，果然来了。那个满头大汗、气喘吁吁的男生。

"《海葵侦探》，卖掉了吗？"

是孝晴君。他见到书没在箱子里，肯定吃了一惊。见他面带忧伤地询问，我笑容满面地拿出了那本书。

"帮你留着呢。"

孝晴君瞪大了眼睛。

"啊，谢谢你！你知道我还会来呀？"

"这叫多年培养的直觉。"

孝晴君从牛仔裤后袋掏出钱包，递给我一枚百元硬币。这时我才看到，他把扇子插在了腰上。

我用纸袋装了书递给他，孝晴君用双手接了过去。这下，

《海葵侦探》第二卷就是他的了。

"这部漫画,我上初中时在公民馆的流动图书站看见过第一卷。因为那是可以随便拿走的书,我就拿回去看了。看完觉得特别有意思,就很想要后面的,但是它实在太老了,一般书店都不卖,我再仔细一查,发现已经绝版了。上高中后,我在旧书店买到了第三卷,可无论怎么找,都找不到第二卷。"

"那你真是找了挺久啊,捡漏还挺辛苦的。"

"这下终于集齐了,我真的好高兴。之前从第一卷跳到第三卷,突然冒出来一个小丑鱼女警,还是海葵侦探的夫人,我都吓了一跳。这下总算能看到他们是怎么认识的了。"

孝晴君高兴得收不住笑容。

"你女朋友呢?"

"她说要上厕所,我就趁机过来了。"

原来如此,上厕所的确不能继续牵手。孝晴君突然低下头,自言自语似的喃喃道:

"刚才她说好吓人,我不想让她觉得我有奇怪的爱好。因为我的性格和爱好本来就跟她很不一样,我一直在努力配合她。"

本来沉默不语的富贵子慢悠悠地开了口。

"不用配合她呀。"

孝晴君惊讶地抬起头。富贵子继续道:

"性格和爱好又不用完全一样，有时候性格不一样才能相处得更顺利呀。"

我惊讶地看向富贵子。几乎是同时，孝晴君说了一句："这样啊。"

"有道理，海葵跟小丑鱼也是不同的生物，但是会互相扶持啊。"

孝晴君说着，自顾自点起头来，最后举起一只手说了"再见"。他小跑着离开时，另一只手紧紧地抱着那本书。

"第一次坐在你旁边卖旧书，我有点明白了。"

富贵子喝了一口饮料，对我说道。

"我想啊，原来那本书一直在等孝晴君来接它。一直在这里耐心地等了好久呢。"

"嗯。"

没错。

耐心等待的不只有我，还有书。富贵子能理解这一点，我实在太高兴了。一想到孝晴君和那本书将度过一段美好的时光，我就感到真正的心满意足，是我让他们走到了一起。

"我说你啊，做的事情真不错。"

富贵子意想不到的温柔赞赏，让我眼中涌出了泪水。

连我都感到猝不及防，慌忙抓起手帕，假装擦拭脸上的汗水。

也不知是没发现还是装作没看见，富贵子看着摊位上的书说：

"那天你说要辞职，我松了一口气呢。"

"啊？"

"而且你还说要开旧书店，我顿时想，那真的太好了。你以前在公司上班，总是逼迫自己浑身长满尖刺，可每次对什么人发火之后，你又会特别低落。"

是这样的。我一直在与人竞争，一直在逼迫自己出人头地，却总觉得那样不对。我很难忍受自己心中的嫉妒和傲慢，正如那个为自身的毒性而痛苦不堪的海葵侦探。

"你没有担心过吗？钱的问题，店能不能开下去的问题。"

"如果说完全不担心，那是假的。可你上班时努力赚了不少钱，我又觉得你再这样下去可能要坏掉了，反倒更担心你硬撑下去呢。我虽然不懂旧书的世界，但如果你能真正做自己，不是更有趣吗？因为我也一直在做我喜欢的事情呀。"

是吗，原来是这样，原来她是这样想的。

"不用配合她呀"——我想起了富贵子刚才说的话。她确实没有配合我，她一直坚守着自己认准的道路，并且尊重了我的选择。

  太好了，原来我没做错，原来富贵子一直在温柔地守护着我。此时此刻，我好像终于看到了人生中错失的"第二卷"。

  我与她对上目光，富贵子调皮地笑了。
  "再说，比起以前，我更喜欢现在的你呢。"
  哇——我险些喊出声来，又一次抓着手帕盖住了脸。
  我做的工作，多么幸福啊。
  我身边的小丑鱼，多么可爱啊。
  "好热啊，今天真是太热了。"
  我捂着脸不撒手，嘴里一个劲地说着。
  纠之森的蝉鸣越发响亮起来，体贴地盖过了我细小的呜咽。

9

德尔塔的松树下

（长月·京都）

我有生以来第一次谈到的女朋友，仅仅一个月就甩了我。

我在爱知县的偏远小镇长大，考上了京都的大学，并在大学的活动社团里认识了千景，我几乎第一眼就喜欢上她了。

四月、五月、六月、七月，经过无数次错误的尝试，我终于在八月初追到了她。然而好景不长，一个星期前，千景在手机上发来一条"分手吧"，结束了这一切。

要问活动社团是什么，其实就是组织唱卡拉OK、打网球、短途旅行等活动，说白了就是大家一起玩。今天打完保龄球后，七个只想聚在一起吵吵闹闹的成员一起跑到了鸭川德尔塔，也就是贺茂川与高野川交汇处的三角洲。

我独自坐在一棵孤零零的松树下，背对着出町桥。这棵松树紧挨着贺茂川,因为地处一座小山丘上,前方还有一段台阶,千景此时就在台阶下的三角洲尖端。几个男男女女坐在台阶上不知在谈什么,只能听见阵阵笑声。

社团内部的恋爱,开始和结束都很难瞒住。虽然我没说什么,但大家好像已经知道了情况,都在用同情的目光看我,令我万分难受。

当然,肯定也有很多人疑惑,为什么京都首屈一指的贵族女校毕业的千景会答应跟我这样的人交往。不只是千景,社团里的其他成员都散发着贵族的气息。我在入学典礼上看到人们分发的传单,不明就里地加入了这个社团,后来才发现里面的成员都是从附属中学到附属高中一起升学上来的小团体,个个家境都很富裕,跟我这个乡下孩子相比,简直像两个世界的人。

那我为什么还要继续参加社团活动,并且在打完保龄球后赖着不走呢?全是因为想尽办法待在千景身边,希望得到复合的机会。然而事实上,我只能坐在这里,远远地看着她。

九月中旬,下午五点的天色还很亮,一对情侣依偎在不远处的长椅上轻声细语,对面的河岸上有人慢跑,有人骑车,往来交错。

一个抱着素描本的外国男人走过来,坐在与我相对的挨着高野川的石墙上。我漫不经心地看着他,心想还有人来这里画画啊,没想到他正好转过来注意到我,对我微微一笑。我很不好意思,但也勉强笑了笑。

"哎,孝晴?"

突如其来的声音令我抬起了头,原来是同级的实笃,他没有加入活动社团,可能是碰巧来到了这里。今天也跟往常一样,他穿着一件旧衬衫,搭配一条运动裤,看起来有点奇怪。

实笃虽然有个文豪的名字,在背后却被人称为"水桶"。因为他平时都用打扫卫生的蓝色塑料桶代替书包,什么都往里面塞,比如教科书、钱包、手机、零食饮料、毛巾、从未见过的吉祥物玩偶、破破烂烂的口袋本诗集等。

"今天真巧啊。我正好看完了,这个还给你,谢谢啦。"

实笃从桶里拿出一个纸袋交给了我,那是我借给他的三本漫画。尽管心里明白,可是看见我的宝贝书从那个脏兮兮的桶里被拿出来,我还是有点生气。

"你真是到哪儿都提个桶啊。"

我的语气略显揶揄,但实笃并没有在意。

"嗯,什么都能马上拿出来,可好用了。而且又结实,在哪儿都能随手放下。我能坐这里吗?"

他要坐这里?我有点犹豫,我不想让社团的人看见我跟怪人实笃关系亲密,因为我只是碰巧借了几本漫画给他而已。

但实笃没有等我回答，就把水桶放在树下，自己坐在了我旁边。接着，他从桶里拿出一瓶水，喝了一口又放了回去。

虽然很不想承认，但他的桶看起来确实很方便。之前听说他去聚餐都提着桶，我还忍不住笑了。不过像今天在户外活动，提桶反倒能派上点用场。

"其实我也不是什么桶都行，还是有讲究的。容量最好是五升，椭圆形的把手更适合长时间提着。"

"哦。"

"啊，不过上回桶里爬进了椿象，我好久都没发现，简直倒大霉了。"

我忍不住皱起眉，闻了闻装漫画的纸袋。确认没有臭味后，我正要把书收进自己的包里，实笃又开口了。

"《海葵侦探》真好看。"

"对吧。"

我点着头暗想，也许就是这漫画惹的祸。我从纸袋里抽出一本漫画，看了看封面，千景曾经说过它"画风好吓人"。

我在下鸭神社中元节举办的旧书节发现了自己寻觅了好几年的第二卷漫画。为了不让千景发现，我还是偷偷去买的，但是买到手后按捺不住兴奋，忍不住告诉她"我还是去买了"。当时我以为她会笑话我，可她并没有笑，反而一脸严肃地移开了目光。当时我慌忙换了个千景应该喜欢的话题，但是从那时起，我们的对话就渐渐持续不下去了。

上周千景提出分手后，我特别沮丧地走进食堂，碰见实笃在看漫画。我漫不经心地瞥了一眼封面，发现竟是音塚布恩的作品。那就是《海葵侦探》的作者，漫画题为《忧郁的煎牛肉》，是我不知道的作品。

于是，我忍不住跟平时不怎么来往的实笃搭了话。我之所以会这么做，可能是因为我刚刚失恋，情绪不太稳定。一来一去，我们就互相借了漫画。

实笃借给我的《忧郁的煎牛肉》上个月才上市。我本以为音塚布恩已经不画漫画了，后来仔细一查，才发现他一直在做插画和设计的工作，同时在小众的娱乐杂志上连载四格漫画，最后出版成书了。

前方突然传来喧哗声。我看向三角洲的尖端，原来那三个女孩子开始跳河面上的踏脚石了。

三角洲与对岸之间设置了好几块大石头，千景也在上面一蹦一跳的，短裤下露出的修长白皙的腿轻巧地落在了龟背形的石头上。

真可爱啊，我叹息一声。

在聊天软件上分手时，我求千景告诉我，我究竟哪里做错了，我愿意改，可是她发了一个很为难的表情说："孝晴君没什么不好。"我知道她的意思是虽然没什么不好，但也不够好，说白了就是还没够及格线。

曾经我一直陪在她身边，一直牵着她的手，可是现在，我与千景就像太阳和月亮那样遥远。我突然很想哭，连忙抬起了头。

"嗯？"

我抬头防止眼泪滑落时，注意到了天空。

"有时白天也能看见月亮，今天看不见呢。"

"那当然了，因为今晚是满月。"

"是满月就看不见吗？"

实笃靠在树干上，指着天空说：

"因为满月跟太阳的位置相反，日落时从东方升起，日出时在西方落下，所以白天看不到满月。白天最常见到的，应该是中午升起的上弦月，也就是右边圆左边缺的月亮。"

照实笃的说法，左边高野川方向是东，右边贺茂川方向是西。我突然觉得这样的实笃很帅气，忍不住感叹道：

"你知道的真多啊。"

"今天还是中秋明月呢，那可是满月中的满月。我今天来这里，就是为了赏月的。"

实笃果真是有备而来,他的桶里装了面包、糯米团子、零食和最近出的杂志。

"啊,这是音塚布恩那个。"

我指着杂志说。

"对!"实笃兴奋地答道。

他带的是音塚布恩连载四格漫画《忧郁的煎牛肉》的杂志。这个实笃好像是个漫画迷,明明在杂志上追了连载,还专门买书回来看。此时,他翻着杂志,疑惑地说:

"音塚布恩有这么热情的读者,为什么卖不动呢?"

我想了想,然后才回答:

"四格漫画虽然有趣,但我觉得音塚布恩真正的实力体现在故事上。他还有很多让人特别感动的台词,也不知他有没有机会再画长篇了。看了《海葵侦探》后,我有好多想法,觉得这里应该这样处理,那里真的很棒,应该再强调一些。"

"音塚布恩听到了,肯定会高兴得哭出来,干脆你毕业后去当编辑吧。"

"不太可能吧。出版社的门槛那么高,漫画编辑就更难了。"

"那也有人在干不是吗?孝晴成为那个人就好啦。"

那倒是没错。

老实说,我并非没有考虑过。而且我在考大学前就查过了,这个大学的毕业生也有在出漫画的大出版社就职的。

可是现在,我已经彻底失去了以前的上进心。理由只有一个——我不知道该怎么做。如果找工作只靠数学和英语考试论成败,那我肯定会有更大的希望。

我上的是一所全国闻名的大学,尤其在我长大的那个小镇,能考上这所大学,就要被所有人另眼相看。

对考上了重点中学的我来说,到高中为止,努力的方法都很明确。为了完成考上好大学的目标,试卷和成绩单上的分数给了我明确的指引。因为我上的是男校,几乎没跟女孩子说过话,加上平时穿校服,也没研究过什么服装搭配,并且不认为"单品"有多重要。我的生活轴心是由成绩决定的等级制度,学校同学和家里亲戚都对我赞不绝口,让我很是得意。

可是自从上了大学,我就陷入了困惑。在这里,决定优劣的并非数字,而是某种更感性的东西。而且我隐隐察觉到,自己始终存在于金字塔的底端。

也许结束大学生活,走上社会之后,这种情况依旧不会改变。也许我人生最大的闪光点就是考上大学的那一刻,从那里开始就是一路下坡。

我越努力,就越迷茫。面对恋爱,我手足无措;面对服装,我毫不精通;甚至在交谈时,我也不明白怎么才能令人开怀大笑。我只知道自己是个土老帽,既没有钱,也没有品位。

"哎,那不是咱们学校的吗?"

实笃看着前面的人,好像现在才注意到他们。

"嗯,跟我一个社团的。"

"你不跟他们待一起吗?"

我低下了头。

"入学快半年,我努力过了。为了不被小瞧,我尽量模仿大家的穿着打扮,可其实一开始就错了。他们生下来就在金字塔的顶端,有聪明的头脑和优渥的环境保证考上这所大学,而且他们都英俊漂亮,家里有钱,举止得体。我呢,则一直在底层,就像我现在的位置。"

假设桥是金字塔的底层,我就孤零零地坐在旁边。

千景她们则远在三角形的尖端,高兴地玩闹。

实笃用手撑着下巴,开口说道:

"嗯……就是说,你想上道?"

"算是吧。不过我这辈子都不可能像他们那样闪闪发光。"

实笃猛地站起来,直愣愣地看着我。

"那是因为你只顾着看那边吧?换个角度,世界会变得不一样啊。"

他绕着松树转了九十度,面朝贺茂川站定。接着,实笃又催促我走了过去。原本在背后的桥来到了我的右侧,前方就是河面。

"你瞧,只要朝着这边,咱们就是三角形的顶点!"

真的呢。
我忍不住笑出声来。这种感动,就像看见了不可思议的魔术。我脑中的金字塔转了个方向,原本处在底层的我摇身一变,站在了三角形的顶端。
这时候,我突然觉得许多事情都有意义了。静静流淌的河水令人心旷神怡,波光粼粼的水面何等美丽。
"我觉得吧,每个人都有自己发光的时刻和场所。"
听了实笃的话,我扭头看了一眼德尔塔三角洲。
白领职员在河边看书,中年大叔在草地上睡觉,一对母子在台阶上吹肥皂泡,我们二人站在松树下。三角洲是个随便截取什么角落,都显得别有滋味的地方,这里的人们各自过着闲适的生活。我突然感到眼前一亮,就像解开了数学的难题。
优劣是什么?顶点与底端是什么?正因为数字无法衡量,才不能比较优劣,难道不是吗?
我之所以害怕被他人小瞧,不正是因为自己以前下意识地轻视过比自己成绩差的同学吗？我甚至从来没有试着去想象，他们在我看不到的地方有着多么精彩的生活。

夕阳渐渐低垂。

白天还那么热，现在却有点凉了。我看向社团成员聚集的地方，千景已经从踏脚石回到了岸上，正隔着七分袖的上衣揉搓着自己的手臂。

下一个瞬间，一个姓藏本的褐发男同学脱下外衣，披在了千景身上。千景很自然地穿上了松垮的衣服，对藏本微微一笑。

我恍然大悟。

啊，怎么，原来是这样啊。

错的不是海葵侦探。

原来千景早就有了下一个对象。

我目睹了那个场景，却没有受到多大的打击。

跟千景交往时，我一直小心翼翼。我拼命想成为千景喜欢的那种人，拼命想留住自己没有信心留住的人，一直在消耗自己。

我总算明白了,那并不是让自己闪闪发光的努力。

摆在松树下,像满月一般浑圆的水桶里,装着实笃的整个世界。

我也想像他那样,去守护自己真正喜欢的、珍视的、想要知道的东西,然后把它们拿出来,光明正大地用。就算一时半会儿得不到别人的认可,我也想在自己喜欢的地方,按照我自己的节奏行事。

我们看不见的月亮,正在长天之外酝酿着圆满,等待登场的时刻。

他们走上了台阶,聚集在一起有说有笑地走了过来,我平静地注视着那个光景。

"孝晴还不回去吗?"

藏本路过时问了一句。千景看也不看我一眼,她明知道我在,却假装看不见我。

我明确地回答道:

"嗯,今天我跟实笃还有重要的活动。"

藏本兴致勃勃地应了一声,跟着大家高兴地离去了。

我目送千景的背影,第一次感到了释然。即使只有一个月,能得到认同,跟千景交往,我也非常努力了。

谢谢你,千景。

我眺望着她在夕阳下闪闪发光的身影,终于说出了再见。

夕阳西下,水面洒满橙色的霞光。

我等待着满月升起,兴奋地思索着今后的计划。我要去好多地方,见各种各样的人,积累各种各样的经验。我还要看好多书,还要继续尝试恋爱。我为什么要沉浸在人生已经完蛋的伤感中呢?我的人生,还没开始啊。

在我进入出版社,成为独当一面的漫画编辑之前,音塚布恩会一直等着我吗?

一只白鹭朝着河面飞了过去。

中秋明月。

满月藏身在碧蓝的天空之外,要在漆黑的夜空中绽放最美丽的光芒。

10

袋鼠在等待

(神无月・京都)

这种甘甜而让人内心骚动的香气，似乎来自名叫丹桂的花。

闻到那毫不留情挤进鼻腔的强烈香气时，我还以为是多么硕大美丽的花，没想到院子里的树丛上，竟是一串又一串细小而密集的橙色花朵。

每年到了十月，日本的大街小巷都会弥漫着这股香气，京都也不例外。今天正好是十月一日，像我这种对时间没什么概念的澳大利亚人，也许应该向植物的生物钟学习学习。

"马克，你第一次看见丹桂吗？不过悉尼的确很少见到这种植物。"

我的好朋友这样对我说。他是个日本人，今年五十出头，比我大十二岁。别看他平时一副和蔼可亲、与人为善的模样，有时却会说出特别尖锐的话语,是个很有意思,也很有启发力的人。

人们都称他为老板。我猜应该是源自他在澳大利亚拿到的硕士学位,但实际上好像还有别的原因。因为他是领导,是推进者,是师父,角色多不胜数。据说他还是东京一家咖啡馆的老板。

"嗯,好香啊。"

我回答道。老板歪着头说:

"是啊,真香,不过也让人有点难过呢。"

"是吗?为什么?"

"嗯……这个问题解释起来有点难,不过应该很多日本人都会这么想。因为丹桂的香气让人联想到秋天,光是这种联想,就会让人变得多愁善感。"

我不会说日语,他却能说一口流利的英语。他说的"解释起来有点难",也许并不是想不到英语的对应表达,而是因为那是一种很难用话语来表达的情绪。事实上,我也不太明白为什么联想到秋天会让人多愁善感。

"另外,以前的厕所熏香都是丹桂的香气,所以还有很多人会联想到破旧的厕所,然后心情郁闷。"

"哦?联想到秋天和厕所,人会有点难过吗?"

老板见我越听越迷糊,忍不住笑出声来。

"还有就是我自己的回忆。上小学时,班上有个女生叫茶子,不知怎的总爱给我写信。"

"嗯。"

"她写信用的都是丹桂香味的笔,当时很流行这种文具。我记得她在信上说想跟袋鼠握手,我觉得那主意很棒,就给她回信说去了澳大利亚说不定能行,后来我们就一起查地图、看图鉴。不过小学生都是小孩子嘛,我跟茶子也没发展出什么特殊关系,后来上了不同的初中,就没再联系了。只不过,直到现在这把年纪,每次闻到这个香味,我还是会想起茶子。"

"那才是最难过的故事呀。"

"的确是这样。我还是因为这个喜欢上澳大利亚的,简直太催泪了。因为茶子,我喜欢上了这个国家,现在甚至常常跑过去工作。只不过我还是没跟袋鼠握过手。"

我与老板相视一笑。

我在悉尼从事室内装潢工作,老板的事业也涉及空间设计,所以我俩还是多年的合作伙伴。我在悉尼跟他见过许多次,这次能在他的祖国与他闲聊,我感到非常高兴。

九月中旬,我出差到京都办事。那项工作只需几天就能完成，但因为难得来一趟，我决定顺便休假，在这里待两个星期。

京都很棒。我喜欢画画，就抱着素描本四处参观。平等院凤凰堂、东福寺、鸭川德尔塔、古城旧街……尽情游玩了两个星期后，我明天就要乘飞机回悉尼了。

今天我决定跟老板好好相处一天。他的事业广泛，除了老家京都和目前居住的东京，平时还在日本国内外到处飞。因为我在京都，他专门调整了工作日程，要趁我回国前陪我一天。

我和老板慢悠悠地走在京都城中。丹桂的香气跟随我们飘了一路，但是在绕过古董店的拐角后，就消失不见了。

"就是这里了。"

我们来到一座造型优雅的绿色建筑物门前，老板说出了这句话。在和食店享用过美味的午餐后，他带我来到了自己经营的画廊。

他很喜欢我的画，几年前就买了几件作品展示在这个画廊里，但我还是第一次真正踏足。

打开门，里面是白色的前台，一名负责接待的女性对我们笑了笑。

画廊格局细长，外表看起来不大，里面却有十足的纵深。这样的结构，就像老板本人。

老板向前台的女性简单介绍了我，然后看了一眼内部，问了一句话。因为他用的是日语，我完全听不懂，大概是"客人反馈怎么样"之类的。从他高兴的表情可以看出，画廊的生意还不错。

前台墙上贴着一张大海报，那是非常引人注目的错觉画，角落的署名是"Teruya"。目前画廊正在举办他的个展，许多客人都被他的作品深深吸引了。

我看见画廊中段有个身穿白色上衣的男人，正站在墙边与客人交谈。他那清冷的笑容很是眼熟，没错，他就是Teruya。他去年参加纽约的艺术展，还得过奖。我在网上看到了新闻报道，知道他的作品深受大众喜爱。

老板从来不会邀请功成名就的艺术家。他最擅长发现暂时无人知晓、才艺超群却埋没于人群中的人。迄今为止，已经有好几个画家在被老板发掘之后声名远扬了。

Teruya就是其中一人。自从他被选入这所画廊的集体展，就得到了各路媒体的关注，并因此有了展示作品的舞台，一跃成为知名画家。在这里举办个展，对他来说应该叫"荣归故里"。

"好厉害啊！我经常感叹，老板怎么就这么擅长发现人才呢？"

我环视着会场，小声说道。老板平淡地回答：

"很简单啊，我从来不问技巧的优劣，只看那个人对绘画有多大的热情。"

他注视着 Teruya，继续说道：

"我啊，就是有眼光。"

满足的笑容。他不在乎舞台上的聚光灯，更满足于发掘和推动，让自己看中的人得到世人的认可。

"等会儿我再好好介绍你跟 Teruya 认识。楼上是会议区，我们上去喝咖啡吧。"

我跟老板走进了电梯。二楼有好几个隔间，里面都有格调高雅的桌椅。我们走到最深处靠窗的隔间，老板让我坐下，说声"稍等一会儿"，又走出去了。

我的大幅画作就堂而皇之地挂在旁边的墙壁上，宛如被安排了特等席。那是我举办婚礼时用的关于悉尼某植物园的丙烯画。我妻子敦子是日本人，从事翻译工作。这次到京都度假，我也邀请了她，遗憾的是她没有时间。

仔细想来，老板发掘的并不只有艺术家。敦子之所以能走上多年来梦寐以求的翻译家之路，也是因为她在婚礼上认识了老板。老板先介绍她在出版社从事初翻工作,后来渐渐接到了大订单,最后她鼓起勇气向出版社提出了儿童文学的选题,终于出版了自己的翻译作品。现在,她已经翻译了许多文艺类书,还不时到学校讲课。

老板端着咖啡回来了。

"要是敦子也能来就好了。"

他放下咖啡说道。

"嗯,可是她工作太忙了,并认为工作忙是好事。她为了实现翻译家的梦想,十几岁时就不断投稿试译,但是都落选了。她没想到能以这种形式成为翻译家,又得到那么多宝贵的经验,她可高兴了。她总跟我说这都多亏了老板,特别感谢你呢。"

"那真是太好了。"老板笑着喝了一口咖啡。

"我觉得吧,按部就班地得到自己想要的东西还不能算是实现梦想。就要因为各种超乎想象的经历获得成果,才能叫实现梦想。"

也许是这样的。

我点点头,也喝了一口咖啡。真好喝,不愧是咖啡店的老板。

老板双手撑在桌上,兴致勃勃地说了起来。

"而且敦子能成为翻译家也不是我一个人的功劳。正因为有了马克,她才能遇到我啊。"

"那倒也是。"

我高兴地笑了,我也帮助敦子实现了梦想,这样想着,我就异常欣喜。

老板探出身子询问道:

"你们俩是怎么认识的?"

"敦子上初中时交到了一个笔友名叫格蕾斯,后来她到悉尼来见笔友,我俩就认识了。"

"那就是多亏了格蕾斯呢。笔友啊,好久没听见这个词了。"

敦子曾告诉我,她初中时加入了英语社团,顾问老师发给他们的姊妹学校征集笔友的名单,上面就有格蕾斯的名字。

老板听了这段故事,一本正经地说:"那还要感谢顾问老师啊。"说完,他又夸张地抱起手臂继续说道:

"既然如此,就不得不进一步感谢让敦子和格蕾斯的学校成为姊妹学校的人……"

我大笑着回答道:

"那我真不知道那人是谁了!"

老板也笑了。之后,他又换上严肃的表情。

"对呀,的确不可能知道,但那些人真实存在,只要一直回溯，就会发现无数个充当'纽带'的人，少了其中任何一条'纽带'，我们都得不到现在的生活。任何相遇，都是素昧平生的人们，选择不断牵起相互的手的结果。"

我心中一阵悸动，忍不住看向老板。他双手捧着咖啡杯，慢悠悠地说道。

"最美好的事情在于，那些在远方成为'纽带'的人，并不知道自己给某个人带来了幸福。自己用心经营的关于生活的产物，无形中推动了陌生人的生活。"

我突然想到了未曾谋面的茶子。

茶子在信中说想跟袋鼠握手，老板因此产生了共鸣，并且开始喜欢上澳大利亚。

也许，茶子正是帮助我与老板结缘的第一个人。

不对，等等。

按照老板的说法，要先感谢将茶子与老板分到同一个班的……越想越没完没了，怎么都找不到头。

其实，并不存在"第一个人"。

我们自从降生在这个世界上，就拥有了无数的羁绊。

假若素未相识的人帮助我走到了这里，那么在那个人的另一侧，必然也连接着更多素未相识的人。超越了国界，超越了时间。

  我不知道自己是否有老板那样的"眼光"，不过啊——

  "至少我有一双与人相连接的手。"

  我向老板伸出了右手。

  老板咧嘴一笑，同样伸出了右手。我与他握手，同时注入了也可称之为预感的祈愿。

  希望他这双温暖的手，也连接着袋鼠的手。

11

幻影螳螂

（霜月·东京）

我知道放学路上不能乱跑，但是没有办法。

因为我路过神社时，发现围栏里面有一只巨大的螳螂。夏天在隅田川看烟花时碰到的螳螂已经很大了，而这只螳螂更大。进入十一月，让我们心跳加速的虫子都不见了踪影。在这种时候，特大号的登场了。

小优大喊一声，跑上了神社门口的低矮台阶。我也兴奋地跟在后面。露露嘴上说着"螳螂有什么好玩的"，还是跟了过来。我们三个是在上幼儿园时就认识的好朋友。

围栏前面有一丛杜鹃花，那只巨大的螳螂应该就在其中一根枝条上。但我们三个凑在一起找了好久，还是没找到那只眼睛亮晶晶的螳螂。

"它去哪儿了啊?小拓刚才也看见了吧。"

小优弯着腰使劲摇晃树丛。我瞪着眼睛努力寻找,那只硕大的绿色虫王竟像幻影一样消失了。

露露看了一眼神社内院,有点得意地说:

"上个星期六,我在这里庆祝了七五三[①]。"

我五岁那年也跟爸爸妈妈在这个神社庆祝过七五三,那天妈妈给我穿了像裙子一样的裤子,她说那叫袴裤。我在神社碰见了穿着一样衣服的小优,妈妈还用手机给我们拍照了,妈妈一边拍一边说小优和拓海都好帅,拍了好几张。

我转头问露露:

"女孩子上了小学也过七五三?"

"嗯,三岁和七岁,过两次。我穿了漂亮的红色和服,还绾了头发呢。就是为了绾头发,我才留长的。"

"绾"头发是什么意思啊?我正要问露露,小优突然抬起头对我说:

"那只是巨斧螳螂吧。"

我摇了摇头:

"不对,肯定是大刀螳螂。"

[①] 七五三:日本的节日,家长带领三岁、七岁的女孩和三岁、五岁的男孩到神社参拜,向神明汇报、感谢和祈祷。

小优听了有点不服气，再次盯着树丛翻找。无所事事的露露突然注意到了我的书包。

"小拓的午餐袋好可爱呀。"

露露指着我挂在书包侧面的束口袋说道。袋子里装着我在学校吃午饭时用来垫桌的餐巾，还有擦嘴用的小毛巾，款式可以自由选择。上周我把旧袋子放在桌上，不小心洒了点葡萄汁在上面，因为污渍洗不掉，就换了新的。

天蓝色的袋子上缝着我特别喜欢的飞机布贴，背景还有白线刺绣的航迹云。我也很喜欢这个袋子。

"嗯，是花江阿姨给我做的。"

我妈妈每天去公司上班，爸爸则在家里画画。从我出生那时起，就是爸爸负责做饭、洗衣服、打扫房子。

但是大约一年前，爸爸的"出差"越来越频繁了。因为爸爸的画被带到了很远的地方展示，有好多人来看。我虽然不懂英文，但知道爸爸写在画作角落的"Teruya"是他的名字。因为很多人喜欢爸爸的画，他经常要出门谈工作，还被人叫去开讲座，不能一直待在家里了。

于是，花江阿姨就来了我们家。

爸爸妈妈都忙的时候，花江阿姨会陪我吃饭、陪我玩、辅导我写作业。她很擅长做手工，午餐袋也是她说"家里正好剩了点边角料",她便做好了送给我的。

"花江阿姨?哦,就是偶尔来看你上游泳课的那个人?"

"嗯。"

没错,我上小学后报了游泳课,花江阿姨有时还会来接送我。露露跟我报了一样的课,应该见过她几次,不过她们可能只是打招呼,没有真正说过话。

花江阿姨比我妈妈大很多,但是比我奶奶小很多。很久以前,她曾说自己有个正在上高中的儿子。

"花江阿姨是什么人啊?你的亲戚?"

露露总是有很多问题。我回答不上来,暗自嘀咕了一会儿。

叫什么来着?保姆?我记得爸爸最开始跟我说过。不过后来大家都管她叫花江阿姨,所以对我来说,花江阿姨就是花江阿姨。

我含糊地回答道:

"不是……亲戚。"

"不是亲戚也不是家人,她还抱你吗?"

抱我?

我一时没反应过来,但仔细想了想就明白了。露露在说上周游泳课的事情。

我不讨厌游泳,但也不太擅长,我怎么都学不好自由泳的换气方法，为此烦恼了很久。所以，我做了好多练习，最后终于掌握了诀窍，上周第一次游完了二十五米，我特别开心。

那天下课后，我刚换好衣服，花江阿姨就跑过来紧紧抱住了我。

"小拓真棒，你真的太努力了。"

花江阿姨说完，笑眯眯地流下了眼泪。她是不是站在参观室的窗边一直看着我呢？

那天晚上妈妈比爸爸早回来，花江阿姨手舞足蹈地跟她讲了这件事。讲着讲着，她又笑眯眯地流了眼泪，连妈妈也流了眼泪。我很害羞，但也很高兴。

花江阿姨的确不是亲戚也不是家人。那天她跟妈妈喝完茶，就回自己家去了。

露露说的那件事，我也不知道算不算"抱"。我从上幼儿园大班时就认识了花江阿姨，被她紧紧抱在怀里，跟她一起睡在被窝里，我都不觉得奇怪。

可是，看见露露困惑的表情，我突然觉得很不好意思。做那些事很奇怪吗？我一句话都说不出来，只好转过了头。

就在这时，不远处传来踩在泥土上的脚步声，一个身穿蓝色袍子的叔叔朝我们走了过来，手上还拿着竹扫帚。

"啊，是宫司叔叔！"

小优跑了过去。我想起来，小优经常跟妈妈到这座神社来。我在七五三那天和新年参拜时也见过宫司叔叔。他对我们露出了慈祥的笑容。

"哎，杜鹃花丛里有什么吗？"

"我们看见一只特别大的螳螂。"

"哦？是螳螂啊。这都十一月了，竟然还有呢。"

露露耸了耸肩说：

"也可能是看错了，因为怎么找都找不到。"

"真的有，我和小拓都看见了。"

小优突然较真起来，开始更加用力地摇晃树丛，接着大喊一声："啊！"

"找到了？"

我伸头看向小优的手边。

"没找到螳螂，但是你看。"

小优指着树枝上的一块淡褐色的东西，那是螳螂的卵。

"你们刚才看见的螳螂产卵了？"

露露也惊讶地瞪大了眼睛。小优目不转睛地看着螳螂卵，兴奋地说：

"这个卵又干又硬，应该产下很久了，刚出来的卵应该更软一些。"

"那一定是螳螂妈妈放心不下自己的卵,跑来查看了。"

露露双手捧着脸蛋说道。小优听了,有点不太确定:

"应该不是吧,我记得螳螂产了卵就走了。"

"是吗?那谁来养小螳螂啊?"

露露吃惊地问道。我们三人面面相觑,谁都没有说话。

小螳螂孵化之后,身边没有爸爸妈妈啊。不知为什么,我突然有点伤心。

官司叔叔走到我们旁边蹲下,慢悠悠地说道:

"大家一起养啊。"

他温柔的面庞下降到了跟我们一样的高度。

露露最先提出问题:

"大家是谁啊?"

官司叔叔卖了一会儿关子,然后笑着说:

"就是大家啊。"

我们拼命思考,究竟是谁来养育小螳螂呢?

官司叔叔慢慢地解释起来:

"小螳螂、杜鹃花,还有你们几个小朋友都一样。所有生物都不是只靠父母，而是靠大家养育成长的。"

官司叔叔蹲在地上，抬头看着天空。我觉得胸口好像涌出了什么轻飘飘的东西，忍不住四下张望。

太阳、云朵、风……

树木、花草、鸟兽、虫子……

"我啊，现在也被大家养育着呢。我说的大家，当然也包括你们。"

小优大吃一惊。

"我也在养育官司叔叔吗？"

"对呀。"

"我不太懂。"

小优敲了敲自己的脑袋，眼睛滴溜溜地转。官司叔叔站起来，愉快地笑了。

官司叔叔说的话就像解不开的谜语。但我觉得——只是觉得——虽然听不太懂，我还是有类似的感觉。

花江阿姨来到我家后，爸爸可以每天画好多画，变得越来越高兴，上班很累的妈妈也能很放松地跟花江阿姨聊天。对此，我特别高兴。

所以我相信，我喜欢花江阿姨紧紧抱住我的心情，一点都不奇怪。

我深吸一口气,再次环视四周。
是大家养育了我。

太阳、云朵、风……
树木、花草、鸟兽、虫子……

爸爸、妈妈、花江阿姨。
奶奶、爷爷。
小优、露露、官司叔叔。
学校的老师、同学、游泳课的教练……

这个大家,数也数不清。
吸引我来到这里的如幻影般的螳螂,也包括在内。

12

良辰吉日

（师走・东京）

眺望窗外，黄昏的街道上，飘落着零星雪花。

商店里的圣诞树闪闪发光，给人们带来一年将尽的信号。

自从进入十二月，店里突然变得特别忙碌。我应该心怀感激，加倍努力。

我抚平了和服的衣襟。

茶叶老铺福居堂东京分店，这里是位于写字楼一层的小小门店。

"还是像平时一样。"

常客朝美女士拎起五十克装的抹茶对我说。她是在附近广告公司上班的职业女性，每次出外勤回公司时，都会过来买茶。

"你这么喜欢,真是太好了。"

我点头行礼,走进收银台。对面的朝美女士又说:

"吉平先生上次教我做的摇摇抹茶,我真是太喜欢了。公司的女同事都夸好喝呢。"

"是啊,我这里也有好几个新客人,说是朝美女士推荐过来的。"

在保温杯里加入抹茶和水,用力摇匀即可制成,方法特别简单,还可以用热水调成热抹茶。朝美女士掏出钱包说:

"那个很简单,我这种怕麻烦的人也能做,而且美容养颜,真是太棒了。吉平先生不是还说加蜂蜜也很好喝吗,我给拓海做了,他也很喜欢呢。"

拓海君是朝美女士的儿子,今年好像七岁了。能让小学生也轻松品尝到抹茶的滋味,作为卖茶叶的我,自然是不胜欣慰。

"谢谢光临。"

我算好钱,把商品递给朝美女士,然后深深鞠躬。客人高兴,我也会满心雀跃,自认为帮助他们了解到了茶的好处。

今年即将结束,也许,这是我人生中最浓墨重彩的一年。

我不由自主地轻触胸口,衣襟里收藏着我最重要的宝物。那是从开店第一天就一直在激励我,同时让我保持镇定的"护身符"。在这个充满了未知和第一次的世界,它不知给了我多少救赎。

从懂事起,我就只知道在大人提供的环境中生活。我认为在不断流逝的时光中,目光所及的景色及我自己,都是不会发生什么改变的。

直到那一天,她穿过半开的店门走进来。

*

"吉平,东京分店交给你来打理了。"

父亲说出这句话时,我内心的惊讶无法用语言表达。恰好在一年前的年末时节,这个消息突如其来地落到了我头上。

福居堂是拥有两百年历史的京都茶叶店,包揽了从制茶到售茶的整个流程。

店铺经营代代家传,而我是这个家的独生子,从小就坚信自己会一直生活在京都,将来继承福居堂,从未对此有过任何怀疑。

东京分店早已定好了四月开业,本来这件事已全权交给了家里的员工丰岛先生。丰岛先生四十多岁,是父亲最信任的员工,所以在听到那个消息后，我先是感到全身冰凉，继而忘记了控制说话的音量。

"分店？为啥让我去东京？丰岛先生呢？"

面对我连珠炮般的质问，父亲不容置疑地说："丰岛有丰岛的人生。"

丰岛先生的夫人怀孕了，他们结婚多年都没有孩子，早已放弃了努力，因此那是从天而降的幸福。因为担心妻子在陌生的土地上负担加重，丰岛先生主动提出，希望在妻子怀孕和产子之后，都与家人生活在熟悉的京都。

"这可是好事，应该祝福他们。"

好事，没错，那的确是好事，可是……

等等，我也有我的人生啊。

我从未想过离开京都。老实说，我对经营茶叶店并没有多大热情，只是适当地学习了一些知识。学校的成绩不太好也无所谓，大学只要上了就行，还不需要发愁找工作的事情。我本打算就这么顺顺利利地过上安稳的生活。

如今我已年过三十，突然要开始新的生活，我只感觉到了害怕。要我去繁忙的东京当店长，我根本不是那块料啊。

"东京那边正好年初有一场茶业协会的聚会，你就替我去参加吧。"

父亲的"命令"不容违抗，我只能从命，因为我想不到任何拒绝他的理由。

我家在东京有个经常来往的朋友。

那位叔叔是京都某画廊的老板，在东京开展设计事业，还经营着咖啡馆，生意做得很广，大家都管他叫老板。

聚会日期定在星期日下午。而在聚会召开的一个星期前，老板打电话到家里来拜年，还跟我说："等你开完会，咱们一起吃个晚饭吧。"后来我得知，那是父亲帮忙安排的。老板还笑着说："不管怎么讲，你老爸还是很关心你的啊。"

我本来打算聚会那天在东京住一夜，第二天早晨就回京都，但是老板提出了另一个方案。

他告诉我，他经营的云纹咖啡馆星期一固定休息，问我想不想搞点好玩的，可以搞限定一天的"抹茶咖啡馆"。我虽然不觉得有多好玩，但姑且还是答应了。于是，老板马上联系了跟福居堂相熟的桥野屋，还决定请他家住在东京的女儿光都送些和果子到店里。

因为是店里的固定休息日，又没有做宣传，那天的活动几乎没什么人。只有一对三十多岁的夫妻碰巧经过发现店里有活动，然后进到店里小声地交谈。

难得见到光都一面,她说自己还有工作,没待多久就离开了。就在我伸了个大大的懒腰时——

老板突然站起来了。

他走到门口,稍微拉开门,跟外面的人说了几句话。他刚才还背对着门口坐在吧台旁,竟能感觉到外面有人,真是不可思议,老板就是拥有这种令人惊奇的感知能力。老板说完话,转身回到了店里。然后——

半开的门外,进来了一位女客人。

小巧白皙的脸藏在红色格子围巾里,大大的眼睛湿润水灵,兴许是外面太冷了,她的鼻子冻成了粉红色。

真可爱啊。

我忍不住想,她真的很可爱。

我不擅长跟女性说话,尤其不擅长面对年轻的女孩。

与其说不擅长,更应该说,我特别害羞,我连女孩子的眼睛都不敢看。从小到大,每次有女孩子看着我,或是上来找我搭话,我都会紧张得不知所措,一不小心就会变得很粗鲁。所以,总有人说我很冷漠、很讨厌、很吓人。长相吓人是天生的,又不是我的错。

因为总会发生这种事,后来就算女生主动接近我,我也觉得"她肯定会把我看成讨厌的家伙",然后不由自主地提高警惕,因此变得更冷漠了。我越是对一个女孩子有好感，就越不会表达自己，要不了多久就会被人讨厌。

所以，我已经不再主动接近女孩子了。就算再怎么想跟女孩子交朋友，我这种性格也只会拖后腿。在京都的总店基本见不到年轻的女客人，所以不用担心什么。但是到了东京，我也许得做点心理准备。

"欢迎光临。"

我给她放了一杯水，并递给她厚纸板做的简易菜单。上面只有浓茶和薄茶，都配了和果子。

女孩子困惑地问只有这些吗，我除了"是"，别的什么都说不出来。我还担心她会继续问下去，没想到她突然抬起头说：

"那我要浓茶。"

糟糕，因为一切来得太突然，我不小心对上了她的目光，强烈的羞耻感涌上心头。我连忙转过脸，嘀咕了一句"浓茶是吧"，随后匆匆走进了吧台。

我在紧张什么呢？这活动仅限一天，明明以后再也不会碰到她了啊。

我压抑着强烈的自我厌恶感，在吧台里做了点茶。不对，她要的是"浓茶"，所以不能叫点茶，应该叫"炼茶"。

她没有要普通的薄茶，而要了苦味更浓烈的浓茶，也许是个行家，要么，就是她什么都不懂。我配上雕花的寒牡丹，连同浓茶一起端了出去。她正在跟老板闲聊，也许因为身体暖和过来了，她的表情也略有放松。

可是她抿到茶碗的瞬间，表情就扭曲了。她果然不是行家，而是从未尝过浓茶。对于不习惯的人，那个味道也许真的很难接受。

我脑中闪过一个念头——她会不会抱怨茶太难喝？或者根本喝不下去，剩下很多？

我想问她要不要兑点热水，但是我忍住了。看到她勇敢挑战的身影，我觉得这么做太不识趣了。

这时，我放在吧台角落的手机响了，是父亲打来的。去年年底我才刚把翻盖机换成智能手机，还没学会怎么接电话，最后还是她教了我。托她的福，我总算接到了电话，内心却感到既羞耻又尴尬。

智能手机真是太难用了。它这么大，手指还要直接碰到屏幕。不仅如此，它总是要更新，每次一更新，好不容易习惯使用的应用程序就变得不好用了。我抱怨了几句，却被她直愣愣地盯上了。

"智能手机其实从开始到最后都是不完整的状态。"

我大吃一惊。

从开始到最后都不完整。直觉告诉我那不像机器，反倒像人一样。

她说自己的工作跟智能手机相关，还特别热情地做起了演说。

"智能手机这个行业一直在变化发展……为了适应不断变化的环境，智能手机也必须一直进行细微的改动……更新有时的确会导致不良反应……智能手机本身就是在不断的试错中渐渐变好的。

"无须更换主体就能有全新的操作体验，功能越来越广泛，我认为这是一件很棒的事情……"

她的双眼在闪闪发光。我明白，她只是在诉说自己对智能手机的喜爱，但我还是觉得她像在对我说那些话。

自从父亲二话不说就把完全不适合我的事情推过来，我就一直在默默生气。我一直固执地认定，自己这种性格已经无法改变了。但是听了她的话，我仿佛得到了鼓励。在不断变化的环境中要一直有细微的改变，这样我能做到的事情就会越来越多。她对待工作的态度也让我备受感动。我对家里的茶叶店，还有对茶，都不曾有过如此深厚的感情。此时此刻，我突然感到万分羞愧。

"要来点薄吗？"

我几乎是下意识地说出了这句话。这既是为了表示感谢，或许也是为了让她多停留一段时间。

在老板的怂恿下，我给她表演了点茶。这是我从小到大做得最熟练的事情，我能教给别人的，也就只有这个了。

我们轻松地交谈了几句，笑容自然而然地浮现在了我的脸上。我竟然能稍微看着她的脸讲话，连我自己也吃了一惊。平时总是表露无遗的羞涩，此时就像被包裹在了柔软的棉花里。即使只是萍水相逢，我也很高兴。

转眼到了二月，我再次来到东京，给自己找房子。

老板说帮我参谋店铺装修的事情，于是我跟他约好，在看完房子后去云纹咖啡馆找他。

下午四点，我如约走进了云纹咖啡馆。

老板不在店里，一个系着围裙的年轻人笑着对我说"欢迎光临"，他应该就是老板聘的店长小航。这个人笑容爽朗，接待客人大方从容，我真恨不得拜他为师。

店里没什么客人，正好有一对老夫妻过来结账。小航走到收银台接待他们去了。

最里面靠窗的位置好像有人，因为桌上摆着杯子和书本，像是客人暂时离开了。

我发现那个位置的椅背上搭着一条围巾,忍不住走过去看了一眼。

这是……

我想起了开"抹茶咖啡馆"那天,在店里点了浓茶的女孩子。红色格子围巾,这种花纹很常见。东京这么大,又有这么多人,应该不会有这么巧的事情。不过,这里可是我跟她相遇的云纹咖啡馆。

我感到心跳开始加速,莫非……

我小心翼翼地走到旁边的座位落座。小航结完账,给我端了一杯水。我点了热咖啡,紧张又激动地等候那个座位的客人现身。我感到手心开始冒汗,不由自主地捏紧了拳头。

门开了。

那是一个留着栗子色长发的女人,她手上拿着智能手机,也许是刚在外面接了电话。她与小航对视一眼,二人脸上都闪过了微笑。接着,那位貌似常客的女性毫不犹豫地走到我旁边的座位坐下了。

原来不是她啊。

那只是一条相似的围巾,再说了,我也不确定自己能想起确切的花纹样式。我忍不住叹了口气,万万没想到自己会如此失望,这种仿佛心里被掏出了一个大洞的感情,究竟是什么?

那位女士突然转过来，奇怪地看着我，也许是因为我一直盯着她的围巾，这样会被误会成可疑人士。我慌忙解释道：

"真不好意思，您的围巾跟我一个熟人的很像，我还以为是她来了。"

女士恍然大悟，温和地笑了笑。

她的年龄好像跟我差不多，杯子里装的应该是可可。她的头发颜色真好看。

"人有时候是会碰到很多美妙的巧合呢。"

说着，栗子色头发的女士从托特包里拿出了信纸。

我的咖啡端上来了，仅仅是放在桌上，我就闻到了醇厚的香气，总算完全放松下来。

"我还以为缘分到了呢。"

我自己也不清楚这是自言自语，还是对栗子色头发的女士的倾诉。其实都不打紧，我本来不擅长与女性相处，兴许是东京这座城市的不同氛围让我做出了改变。那位女士平静地说：

"你很想见她，对吧？"

那句话戳中了我的心。

对啊，就是这样，剧烈的心跳、手心的汗水，我的身体就是在表达这个意思。因为我从未有过这样的心情，所以没有意识到。

我再次看向栗子色头发的女士，她拿着钢笔，像是在薄薄的信纸上写信。我看到了深蓝色的墨水和行云流水的字体，她在用英文写寄出国的信吗？好厉害呀。

"我跟一个朋友已经写了十多年的信了，她的信都塞满了不知多少个纸箱呢。我猜啊，她那里肯定也有好多我写的信。"

"十多年，那可真厉害呀。"

那位女士突然说起自己的事情，我多少有点不知所措，但还是应了一句。她翻开正在写的那张纸，拿起了下面的信纸。

"不过每张信纸只有这么薄。"

她目不转睛地看着航空邮件的信纸。

"缘分啊，其实很脆弱。只要其中一方有一次不注意，这缘分就散了。说过的每一句话，每一次短暂的相逢，都要用心准备，时刻为对方着想……这样才能让缘分持续下去。我跟她相隔这么远，国籍和母语都不相同，还能一直保持联系，正是多亏了这一张张薄纸堆积起来的情谊啊。"

她聪慧的眼眸笔直地看着我，我忍不住转开目光，同时向她讨教：

"那如果连第一张纸都找不到……那该怎么办？"

如果我还不知道想见的那个人身在何方，连交谈都是奢望，该怎么办？

栗子色头发的女士眨了眨睫毛纤长的眼睛,笑眯眯地回答:

"我相信,只要努力成为即便站在她面前也能为自己感到骄傲的人,就一定能再次相见。"

那天在抹茶咖啡馆,她美美地喝了我做的薄茶。想起她舒缓的表情,我的心就像打开了盖子,源源不断地涌出热意。

我希望能为客人提供美味的茗茶,提供身心舒缓的片刻闲暇。

也许,我真的能做到。也许正因为来到了全新的环境,我才拥有了更多的可能性。愿我如愿以偿。

这么一想,在分店开张之前,我就有好多事情要做。

首先,我要重新学"茶",还要学如何接待客人,如何经营店铺。我本来以为只要能够介绍商品、收钱结账就够了,现在看来,我作为店长还有许多不足之处。

我主动找到丰岛先生,提出想跟他进一步学习。他先是吃了一惊,然后满脸笑容地说:"哎呀,那我可太高兴了。"我记得他一直都跟我保持着距离……不对,我想是我错了。一直都不允许别人接近的人是我,现在我终于意识到这一点了。

丰岛先生时常跟我分享夫人和她腹中胎儿的消息,比如孕吐终于平息了，比如她怀的是个男孩子。若丰岛先生的孩子没有在这一刻降临，连我这个毫无关系的人，都会走上截然不同的人生道路。每次想到这里，我都会感到不可思议。

也许得到祝福的人是我，一种……莫大的祝福。

丰岛先生已经大致帮我完成了店铺的内外装修，风格就像缩小的总店。

但是因为店铺面积小了许多，周围的气氛也全然不同。总店有很多熟客，而东京恐怕有很多人是第一次听说福居堂。

日本茶的店铺容易给人门槛很高的印象，所以丰岛先生说，揽客是一个很重要的课题。

我捧着茶碗，皱起眉头仔细思索，突然想起了在抹茶咖啡馆点茶的事情。我告诉她"像写 M"时，记得她是这样说的：

"那在人们不认识英文字母的时候，比如千利休他们是怎么解释的？"

回想起她的表情，我就感到心中一阵温暖。千利休，哈哈。

"像写 M"是传授点茶时常用的表述，大概因为这样说是最好懂的。不过她说的确实有道理，正因为现在英文字母已经完全融入日本人的生活中，这种表述才能成立。

原来茶道的世界，也在跟随着人们不断变化的生活，保持着更新换代呢……

我注视着茶碗，突然有了主意。

如果配合现代人的生活改进销售方式，让人们以更休闲的方式享用日本茶……

小小的店铺位于写字楼区，每天都有繁忙的上班族来来去去。既然如此，不如放下京都总店那种庄严传统的大和风范，换成明快简洁的门头和室内装潢，会不会更容易吸引客人进门？

一边保持高档茶的门槛，一边推广日常茶的享用方式……比如造型可爱、价格实惠的茶器，还有适合搭配日本茶的西式点心，将茶与日常的东西融合。

我兴奋得按捺不住，马上去找丰岛先生商量。他很赞成我的提议，还特别积极地跟我一起做了策划，第二天我就拿给父亲看了。父亲默默地听完我们的陈述，最后只说了一句话：

"那是你的店，加油干。"

后来，我就废寝忘食地开始准备店铺的事宜。

这中间当然有很多坎坷，但我每次都会想起她说的话。尝试新事物时难免遇到挫折，只有经历了失败才能更好地完善。事实上，我能做的事情真的越来越多了。这是一种从未有过的、无可替代的欢喜。

我对这个店铺的不满与恐惧渐渐变成了希望,同时产生了越来越强烈的责任感。

　　没错,我就是在一点一点实现细微的改变。

　　终于,迎来了开业的日子。

　　我环视着大家合力打造的店面,忍不住幻想。

　　希望有一天。

　　希望有一天,她会发现这家店……希望机缘巧合之下,她会走进来。

　　在那个良辰吉日到来之前,希望我能不断完善自己,让自己始终能够骄傲地面对她。

　　到了十点钟正式开业的时间。

　　与寥寥无几的员工开完简单的碰头会,我走到门口,摘下了"准备中"的牌子。

　　我很紧张,同时沉浸在骄傲的兴奋中。这种感觉对现在的我来说,实在是太好了。

　　咔嗒——入口传来响声,值得纪念的第一位客人,已经到达了。

　　我转过身,下一个瞬间,就忘了该如何呼吸。

半开的门外,有一双带着羞涩的大眼睛。

是她。

我张大了嘴,呆立在原地,她静悄悄地走进店里。

我脱口而出的第一句话十分短促。为了传达给她,我努力挤出了声音:

"欢迎光临。"

你来得真好,我已经——

等你好久了。

"等你好久了。"

她的声音与我的心声重叠在了一起。

等我好久了?等待的人,不是一直只有我吗?

我惊得说不出话,她却缓缓向我走来,我的心跳如同大钟的轰鸣。

"我之前听老板说福居堂要开东京分店,专门上网查了消息,一直在等这一天,那个……我想把这个还给你。"

她向我伸出了握紧的手。

她手心里,是那天我递给她擦眼泪的手巾。

"我一直带着它,把它当成了护身符,祈祷它能带我再次见到你。"

她微微一笑,我体内顿时窜过了轻柔的电击。

深蓝色手巾的一角,用白线绣着我名字里的一个字。

细细的棉线汇集在一起,组成了"吉"字。美丽而脆弱的线条,一层层重叠起来。

原来,她一直珍藏着我们的第一件信物,而且,用它找到了我。

接下来,轮到我了。

我伸出手,接过手巾。

"谢谢你,那从现在起,它就是我的护身符了。"

我把手巾放进怀里,认真地注视着她。

我们用彼此的笑容,点开了共同更新的人生。

Getsuyobi No Macha Cafe by Michiko Aoyama
Copyright © 2021 by Michiko Aoyama
Original Japanese edition published by Takarajimasha, Inc.
Simplified Chinese translation rights arranged with Takarajimasha, Inc.
Through Pace Agency Ltd., China.
Simplified Chinese translation rights © 2023 by China South Booky Culture Media Co., Ltd.

© 中南博集天卷文化传媒有限公司。本书版权受法律保护。未经权利人许可，任何人不得以任何方式使用本书包括正文、插图、封面、版式等任何部分内容，违者将受到法律制裁。

著作权合同登记号：图字 18-2023-080

图书在版编目（CIP）数据

星期一，喝抹茶 /（日）青山美智子著；吕灵芝译. -- 长沙：湖南文艺出版社，2023.5
ISBN 978-7-5726-1113-1

Ⅰ．①星… Ⅱ．①青… ②吕… Ⅲ．①长篇小说—日本—现代 Ⅳ．① I313.45

中国国家版本馆 CIP 数据核字（2023）第 063137 号

上架建议：畅销·日本文学

XINGQIYI, HE MOCHA
星期一，喝抹茶

著　　者：[日]青山美智子
译　　者：吕灵芝
出 版 人：陈新文
责任编辑：匡杨乐
监　　制：邢越超
策划编辑：韩　帅
特约编辑：白　楠
版权支持：金　哲
营销支持：文刀刀　白　楠
封面设计：梁秋晨
封面插图：[日]田中达也
版式设计：梁秋晨
内文排版：百朗文化
出　　版：湖南文艺出版社
　　　　　（长沙市雨花区东二环一段 508 号　邮编：410014）
网　　址：www.hnwy.net
印　　刷：北京中科印刷有限公司
经　　销：新华书店
开　　本：855mm×1180mm　1/32
字　　数：109 千字
印　　张：6
版　　次：2023 年 5 月第 1 版
印　　次：2023 年 5 月第 1 次印刷
书　　号：ISBN 978-7-5726-1113-1
定　　价：49.80 元

若有质量问题，请致电质量监督电话：010-59096394
团购电话：010-59320018